U0926284

全國高等院校古籍整理研究工作委員會重點項目

浙江大學「211工程」三期「古代文化典籍整理、研究與保護」項目

義烏叢書編纂委員會
浙江大學浙江文獻集成編纂中心　編

樓杏春集

〔清〕樓杏春　著
汪少華　點校

中華書局

圖書在版編目(CIP)數據

樓杏春集/(清)樓杏春著;汪少華點校. —北京:中華書局,2018.12 (2024.5 重印)
(義烏叢書·義烏往哲遺著叢編)
ISBN 978-7-101-12922-9

Ⅰ.樓… Ⅱ.①樓…②汪… Ⅲ.①古典詩歌-詩集-中國-清代②詞(文學)-作品集-中國-清代 Ⅳ.①I222.749②I222.849

中國版本圖書館 CIP 數據核字(2017)第 280987 號

書　　名　樓杏春集
著　　者　〔清〕樓杏春
點 校 者　汪少華
叢 書 名　義烏叢書·義烏往哲遺著叢編
責任編輯　劉　楠
責任印製　陳麗娜
出版發行　中華書局
(北京市豐臺區太平橋西里 38 號　100073)
http://www.zhbc.com.cn
E-mail:zhbc@zhbc.com.cn
印　　刷　三河市中晟雅豪印務有限公司
版　　次　2018 年 12 月第 1 版
2024 年 5 月第 2 次印刷
規　　格　開本/880×1230 毫米　1/32
印張 8¾　插頁 2　字數 115 千字
國際書號　ISBN 978-7-101-12922-9
定　　價　89.00 元

義烏叢書編輯部

副主編（主持）施章岳

主編助理　傅　健

編　　輯（按姓氏筆劃排列）

李麗莉　吴雅珍　金福根　孟祖平

胡　鶯　孫清土　趙曉青　蔣英富

鄭桂娟　樓向華

工作人員　虞金法

總序

汩汩義烏江，從遠古流來，流過上山文化，流經烏傷古縣，流入當今小商品之都，流成一條奔涌着兩千兩百餘年燦爛文明浪花的歷史長河。

義烏江流域，山川秀美，物華天寶，文教昌盛，地靈人傑。自秦王政始置烏傷縣，兩千兩百多年的歷史時期，勤勞智慧的義烏人在此耕耘勞作，繁衍生息，改造山河，創造了璀璨的歷史文化。

義烏地方文化，是中華民族文化的組成部分，因其獨特的地理環境和歷史原因，又具有自身鮮明的特徵。

義烏文化的獨特性，體現在「勤耕好學、剛正勇爲、誠信包容」的義烏精神裏，體現在「崇文、尚武、善賈」的義烏民俗裏，體現在「博納兼容、義利並重」的義烏民風裏。義烏精神及民風、民俗遂成爲源遠流長的中華民族文化之泓泓一脈，成了中國歷史上不可或缺的一頁。千百年來，義烏始終在傳承着文明，演繹着輝煌，從而使義烏這座小城魅力無限。

義烏自古崇尚耕讀，特别是唐代之後，學風漸盛，素有「小鄒魯」之稱。自宋以來，縣學、社學、書院及私塾等講學機構多有設立，而「莅兹土者，莫不以學校爲先務」。故士生其間，勤奮好學，蔚成風氣，學有成就，燁燁多名人。並且，輻射出巨大的文化能量，不僅本地名儒代有，在浩浩學海與宦海中大展宏圖，而且還活動過、寄寓過數不勝數的全國各地的文化名人，從文人學者到書家畫師，從能工巧匠到杏林名家，其生動活潑的文化創造與傳播，綿延不絶的文化承續與傳遞，從來没有湮滅或消沉過。在博大精深的中華文化領域裹獨樹一杆頗具特色的義烏文化之幟，在優雅千載的儒風中誕生了許多屹立於中華民族之林的英傑。也正是文化底藴的深厚與文化内涵的博大，造就了令人神往的義烏，使其作爲中華文化淵藪的鮮明形象而歷久彌新。

歷史，拒絶遺忘，總要把自己行進的每一步，烙在山川大地上。

時間逝而不返，它帶走了壯景，淘盡了英雄，留下了無數文化勝迹和如峰的聖典。只有在經過無數教訓和挫折之後的今天，人們才逐漸認識到作爲一個複雜系統的組成部分，城市的各要素所具有的種種不可替代的價值和功能，它們飽含着從過去傳遞下來的信息，而《義烏叢書》正是記録這些信息的真實載體。

歷史是無法割斷的，許多古老的文化至今仍然在現實生活中發揮着重要作用。當我們向現代化的目標邁進時，怎樣繼承古老文化的精華，剔除其封建糟粕，在傳統文化的基礎上建立社會主義新的文化格局，是一個擺在我們面前與物質生産同等重要的任務。

一位哲學家曾經説過，哲學就是懷着鄉愁的衝動去尋找失落的家園。今天，我們正處於一個重要的歷史性轉折時期，越來越多的有識之士也開始意識到，對民族民間文化源頭的追尋迫在眉睫。鑒於此，我們編纂出版《義烏叢書》，具有深遠的歷史和現實意義：

搶救文化典籍，古爲今用　文化典籍中的善本古籍，是前人爲我們留下的寶貴精神財富和歷史見證，極富文獻價值和文物價值。義烏歷代文士迭出，著述充棟。這些歷經滄桑而幸存下來的「國之重寶」，或出於保護的需要，基本封存於深閣大庫，利用率甚低；或由於年代久遠，幾經戰亂，面臨圮毁。如今，《義烏叢書》編纂工作的啓動，爲古籍的保護與使用找到結合點，通過影印整理，皇皇巨著撣除世紀風塵，使其化身千百，爲學界所應用，爲大衆所共享；同時，原本也可以得到保護。真可謂是兩全之策，是爲民族文化續命，是爲地方文化續脈。

繼承傳統文化，發揚光大　在義烏歷史上，有許多人文典故值得挖掘，有許多可歌可泣的先進事迹值得記載。撥浪鼓文化需要傳承，孝義文化值得發揚，義烏兵文化應予光大。但由於歷史上的義烏是個農業縣，文化底藴雖然深厚，載入史册的却寥若晨星。而深厚的歷史文化傳統能孕育和産生强大的文化力，能爲塑造良好的城市形象提供重要基礎，這種文化力所形成的精神力量深深熔鑄在城市的生命力、創造力和凝聚力中，是推動城市經濟和社會進步的内在動力。因而，《義烏叢書》編纂者堅持傳統文化與現代文化相銜接，精英文化與大衆文化相兼顧，創作出義烏歷史上從未有過的文化系列叢書，既是精神文明建設的需要，也是物質文明建設的需要。

追溯文化發源，承前啓後　義烏經濟的發展，並非無源之水，無本之木。「參天之木，必有其根；環山之水，定有其源。」義烏發展的文化之源、義烏商業的源流之根、義烏文化圈的形成特質，包括宋代事功學説對義烏「義利並重、無信不立」文化精神的影響，明代「義烏兵」對義烏「勇於開拓、敢冒風險」文化精神的影響，清代「敲糖幫」對義烏「善於經營、富於機變」文化精神的影響等。因而，如何用文化來解讀義烏，也成了《義烏叢書》的重要組成部分。

廣義的文化幾乎無所不包，狹義的文化基本限於觀念形態領域。從以上包含的內容可看出，《義烏叢書》對「文化」的界定，似乎介於廣、狹之間，凡學術思想、哲學原理、科技教育、文學藝術等多個類别與層次，均在修編範圍之内。

幾千年歲月藴蓄了豐贍富饒的文化積澱。面對多姿多彩、浩瀚博大的義烏文化形態，我們感受到了其内在文化精神的律動。

保存歷史的記憶，保護歷史的延續性，保留人類文明發展的脈絡，是人類現代文明發展的需要。如今，守望歲月的長河，我們不能不呼籲，不要讓義烏失去記憶。

《義烏叢書》卷帙浩繁，她集史料性、知識性、文學性、可讀性、收藏性於一體，以翔實的史料、豐富的題材、新穎的編排，全景式地再現了江南「小鄒魯」的清新佳景和禮儀之邦精深的内涵。走進她，就是走進時間的深處，走進澎湃着歷史的向往和時代的潮音的實地，去領略一個時代的結束，去見證另一個時代的開始。宏大精深的傳統文化曾經是，也將永遠是義烏區域文化賡續綿延的基石，也是義烏繼續前進乃至走在全省、全國前列的力量。在建設國際商都的進程中，搶救開發歷史文化遺産，掌握借鑒先哲遺留的豐碩成果，是全市文化學術界的共同期盼。因而，編纂這套叢書既是時代的召喚，也是時勢的需要。

習近平總書記近年來一直强調，文化自信是更基礎、更廣泛、更深厚的自信。我們認爲，地方文化是中華文化的本質特徵和根本屬性，是中華文化的重要代表。我們對地方文化源頭的追尋，正是爲了堅定我們中華文化的自信。這也正是我們編纂出版《義烏叢書》的主旨與意義所在。

義烏叢書編纂委員會

目録

庚辰

癸巳

甲午

粲花館詞鈔

癸酉……一八〇

乙亥……

前言

《粲花館詩鈔》一卷、《粲花館詞鈔》一卷，清樓杏春（一八三二年一月二十日—一八九五年）撰。杏春字芸皋，道光十一年十二月十八日出生於義烏，自幼聰穎，不受羈束，十七歲補郡學生，咸豐八年（一八五八）領鄉薦，其後（咸豐十年、同治十年）兩試不第。同治十三年（一八七四）中進士，授知縣。光緒五年（一八七九）起，歷任新城、萬安、建昌、石城知縣。光緒二十一年十一月，積勞成疾，卒於石城任所。杏春少年恃才傲物，好戲謔。中年後閲歷既深，世故漸熟，舊習爲之一變。所治之縣，地方安定，百姓稱贊。杏春爲人倜儻，好作狎邪游，同治十年（一八七一）曾將青樓雜咏若干首結集爲《戀花集》，因故未刊行。《粲花館詩鈔》收録自咸豐十年（一八六〇）至光緒二十年（一八九四）詩作二二八首，《粲花館詞鈔》收録自咸豐十年（一八六〇）至光緒六年（一八八〇）詞作二六八首。其詩詞中令人印象深刻的，一是青樓雜咏、憶妓之作，二是避亂、哭子之作。咸豐十一年四月舉家避亂，同治二年正月歸故里，廬舍蕩然，「高祖而下或被殺或被擄或病亡，連傷四十餘人」。在這兩年的流離中，愛子瑛兒病死，杏春作哭兒詩二十八首，篇篇傷慟，「余方爲調葯，長號爹爹數聲而絶」；「傷心臨歿猶頻唤，忍聽爹爹四五聲」，讀之令人潸然。其他如懷念亡妻「從知結髮恩情重，伏枕悲君還自悲」，亦感情真摯。杏春善作文，尤長於詞。黄侗家藏詩爲杏春之侄樓廷瑞所鈔，訛誤百出，編次謬亂。黄侗搜得朱苗生鈔本，與此校核，并詳爲詮次，輯入《義烏先哲遺書》。黄侗（一八七三——一九三九），字曉城，號無知氏，義烏人，清末科秀才，同盟會會員。歷任浙江省第二屆議會議員、省統税局長、省會警察局秘書、華洋義賑會委員，著有《義烏兵事紀略》。

此次整理，以復旦大學圖書館藏一九三三——一九三五年義烏黄氏鉛印本《義烏先哲遺書》爲底本（封面上有字樣：義烏縣應徵浙江省文獻展覽會出品。應徵者姓名及住址：義烏城内黄侗）。异體字改爲規範字，古今字、俗體字不作改動；缺字以□標示；避諱字回改，不出校；《粲花館詩鈔》《粲花館詞鈔》原來各有目録，現在集中在一起；目録與正文標題如「集句」「十首」多互有詳略，據詳補略，目録亦有標題過長者删去，均不出校；《粲花館詞鈔》前與《粲花館詩鈔》重復的黄侗識語與小傳删去，《粲花館詞鈔》後的《勘誤表》也删去，其成果直接采用，出校。

粲花館詩鈔

牌記

壬申九月三日，爲余六十初度，故鄉親友醵金爲壽。辭不獲已，遂將是項收入移作印書費。蓋吾邑近百年間，鄉先生之有著述者，除陳西橋太守、朱竹卿聘君、朱蓉生侍御業已梓行外，所有其他詩文集亦復不少，徒以後起無人，每多湮没，良可慨也。現擬陸續印行，冀存地方文化於萬一，而又苦壽金所入爲數無多，不濟於事。兹有内侄駱和笙在首都充法部秘書，交游頗廣，登高而呼，四山皆應，所籌款項約占全部印刷費四分之三。余既得此大宗，則家藏先正遺文儘可悉數付印，此實吾生平一大快事，特志之以爲紀念。至襄校事最得力者，則爲老友吴君鏡元也。癸酉黄侗識。

序

鄉先生樓芸皋以詞名，不以詩名。而吾家所藏，有詩、詞各一卷。今既刊其詞矣，不能不并刊其詩，以成完璧。惟余家藏本爲乃侄樓廷瑞所鈔，廷瑞不識文義，鈔本中魯魚亥豕，訛僞百出，且有誤收他人之作爲己作，又有以題他人之像而誤爲自題其像者。編次謬亂，莫此爲甚。其他如妄竄題字、誤書年月及前後倒置之處，指不勝屈。因思廷瑞既有鈔本，必有原本，遣人告借，以備參考，而廷瑞不之許。去冬又挽其同宗長者樓虎臣先生爲之説項，告以黄某刊印先正遺書，爲千載一時之舉，機會不可失。而廷瑞仍不許，僅出庚申、辛未二年殘缺不全之初稿以塞責。嗚呼！芸皋先生以名進士起家，宦海浮沉，既不能自梓其書以遺後世，而子若孫門祚衰薄，又不能爲先人存手澤於萬一。今賴余爲之多方搜集，鍥梓以傳。在廷瑞而果有人心也者，應如何感激涕零，拱手奉獻，冀先人著述奕世流傳，而乃奇貨可居，自甘湮没，其處心積慮，尚可問耶？今余已得朱苗生先生鈔本，與此校核，并窮日月之力，詳爲詮次，幸與原本無甚差异。蓋朱公未第時嘗學詞於先生，其手録小册當較廷瑞爲足恃云。民國二十二年八月，同里後學黄侗曉城甫撰。

小傳

民國二十二年八月，同里後學黄侗撰

樓杏春，字芸皋，義烏人，清同治甲戌進士，官江右，歷任新城、萬安、建昌、石城等縣知縣。幼聰穎，性不羈，大父建爲延嚴師課之，學乃成。善屬文，尤長於詞。年十七，補郡學生。咸豐戊午，領鄉薦。庚申，試禮部不第，抑鬱無聊，嘗作狎邪游。辛酉四月，粤匪陷婺州，邑中戒嚴，妻陳氏爲避亂計，將金珠衣飾别置巾箱，誡家人曰：「如有急，可舁此以行。」五月晦，賊果至，家人如命負箱匿山谷中。賊去，啓箱而視，金珠衣飾皆失所在，中惟古書千百卷而已，陳大駭。蓋杏春先時私發其篋，取金珠等物置他所，而以古書易之。時人目爲書痴云。杏春家素豐，大父建善理財，益豐裕。粤匪垂涎久，里中無賴名阿狗者通賊，欲縛建以獻，率惡黨四十餘人破扉入，時建已聞風先揚，惟其父庸病不能行。將及難，杏春侍，大呼曰：「爾輩欲得而甘心，吾當代死，毋傷吾父！」無賴遂執杏春，至中途，聞蘇溪賊巢内亂，粤賊楚賊自相屠僇，先一日已他竄。無賴知事不諧，遂釋歸。此蓋大孝格天，冥冥中有神物呵護，轉危爲安。不然，何相值之巧耶？同治二年癸亥正月，浙江巡撫左宗棠、布政使蔣益澧先後克敵，郡城復，邑中踞賊亦隨遁。杏春歸里，廬舍蕩然，家人死亡過半，幾不能自存。辛未，北上再試春闈，仍不售。甲戌，始成進士，授知縣。光緒戊寅，待次江西。己卯，司萬安鹽卡，弛苛禁，懲鹽梟，民賴以安。辛巳，宰新城，甫下車，即以計擒土豪楊某，置之法，輿論翕然。受代之日，鄉民借留，大吏嘉其賢，爲延六閲月，以慰民望。癸未，除石城令，未履任，先攝萬安。萬安民固知杏春爲舊鹽官，有德政，歡呼者塞於途。戊子，補授石城，至之日，勸民息訟，舊俗爲之丕變。庚寅夏，調署建昌。建昌素稱難治，杏春至，整葺書院，勤課士子，文風既振，民俗漸馴，地方稱安謐云。己丑正月，復任石城。時國家財用支絀，苛捐雜税遍及鄉閭，石城素貧瘠，民弗堪，杏春爲請命，得從末減。乙未十一月，積勞成疾，歿於石城任所，聞者哀之。杏春少時恃才傲物，好戲謔，同人多忌之。中年後閲歷既深，世故漸熟，舊習爲之一變。及膺民社，凡有聽斷必反覆推究，以盡其情。嘗語人曰：「天下無不可化之民，即無不可平之訟，但患我輩不盡心耳。」又嘗於廳事書汪龍莊「苦心未必天終負，辣手須防人不堪」二語以自儆，其晚年進德有如此。所著有粲花館詩一卷、詞一卷。

庚申[一]

庚申正月廿二日曉發峒峿

飄泊平生感，衝寒旅客車。店孤難貰酒，春到尚無花。宿雨新抽麥，驚風怒捲沙。長安何日到，芳草又天涯。

廿二夜紅花埠望月

疏星點點映銀河，對月頻添旅思多。料得玉人今夜坐，挑燈無語蹙雙蛾。

〔一〕「庚申」原無，據目録補，以下干支紀年同。

廿三日李家莊題壁　憶梅四首

自從別後費相思，惆悵孤山信獨遲。玉骨崚嶒應更瘦，冰心憔悴果誰知。何時索笑香重襲，昨夜尋芳夢亦奇。寄語花鈴須護惜，春光轉盼到高枝。

記得顔開玉照堂，素姿綽約冠群芳。燈紅笑顧姍姍影，蛾緑修成淡淡妝。座上花枝教俯首，身前絮果訴回腸。夜闌踏雪歸來後，短袖猶餘百合香。

正好尋春帶醉看，無端風雨促征鞍。頓抛紙帳愁春冷，且斂香魂耐歲寒。逸品本來同調少，孤根休怨出頭難。不堪回首當時別，鎮日相思怕倚欄。

也知縞袂總相逢，争奈愁城隔萬重。明月有情應憶我，春風無力轉愁儂。尋消探息心偏急，問柳看花事久慵。料得羅浮人再到，仙山未許白雲封。

伴城贈淡仙

驪歌吹不去，好雨爲情留。重認凝酥面，私探軟玉鈎。梅花仙子夢，春樹美人愁。邂逅難忘此，何時續舊游。

廿七日過羊太傅故里　在羊流驛作

峰迴路轉蹙征鞍，魯道難如蜀道難。宵柝警眠燈影暗，晨鐘催起月華殘。碑荒漫墮羊公泪，裘敝難禁范叔寒。笑我只今徒逐隊，題名到處待誰看。

廿八日發崔家莊過泰安

短劍隨身破曉行，天風發發動行旌。人如凍雀噤無語，馬踏殘冰碎有聲。古柳兩行官道立，遠山一帶黛烟横。故園回憶增惆悵，春暖看花白袷輕。

轆轆征驂過小溪，一鞭斜指夕陽西。長途礙石頻驚馬，野店留賓慣殺鷄。夢繞家山知日久，眼看泰岱與雲齊。長安此去風光好，漫聽聲聲杜宇啼。

廿八夜住墊臺驛

征車迢遞轉山阿，纔下坡來又上坡。徑仄逼成寒料峭，石頑生就勢嵯峨。平原烟鎖閑眠犢，遠岫春歸暗染螺。千里白雲翹首望，鄉園渺渺悵如何。

廿九日杜家廟同金華姜梅生敏修、朱梅臣〔一〕聯輝、東陽趙芷庭淵英、蘭溪吴芾橋毓棠、衢州西安傅象卿商霖、同邑朱純甫錫安夜飲

山勢鬱崔嵬，登臨亦快哉。天分雲影亂，峰隔日光迴。車馬人千里，飄零酒一杯。加餐須努力，同自故鄉來。

〔一〕「臣」原訛「生」，據目録改。

同人有戀醜妓者，戲作小詞嘲之，見而盛怒，幾揮老拳。余俯首謝過，乃免，然此心終怏怏也，因再作四絶，暗用老羞成怒四字四首

當筵楚楚花枝小，一曲琵琶秦吉了。偷解羅裙笑問郎，春光容易催人老。

會心暗蹴玉雙鈎，驀閃銀釭背地偷。失笑一聲春去也，小桃斜對杏花羞。

情長情短漏三更，玉杵敲殘落月聲。花戀棠陰雲戀雨，東風一夜費調成。

下階懶向蒼苔步，鷄聲喔喔催儂去。臨别回頭更囑郎，俗客惱郎郎勿怒。

富莊驛贈秀春四首

自然韶秀自丰神，含笑迎人滿面春。合稱卿卿小名字，替卿題記上衣巾。

高燒銀燭挽雙丫，更襯紅梅一朵花。短短春衫兼窄袖，不矜妝束也風華。

天涯相見便相知，絶等聰明絶等痴。爲問芳齡纔十五，風流未屆破瓜期。

鬌齡復已別家鄉，命薄如卿枉斷腸。可惜如花雙姊妹，有妹秀玉，年十四，亦娟好。年年淪落富家莊。

劉智廟贈見喜 二首

萍水相逢亦最難，强留片刻與盤桓。宵深猶是跏趺坐，對抱琵琶著意彈。時有秀珠同在座。

逐逐輪蹄已載途，未能乘興盡歡娛。他時願把明珠贈，又恐羅敷自有夫。

贈朝雲 二首

生小傾城早出群，今宵喜得晤朝雲。劇憐病骨支離甚，更比梅花瘦幾分。

不施脂粉不熏香，偶學慵來淡淡妝。自啓綉囊持藥裹，教郎親口替奴嘗。

別媚香 二首

寂寞東風柳絮飄，妝臺惟有夢相招。憐卿未必卿憐我，斜月殘燈幾暮朝。

梅子黄時節候闌，征人計日下歸鞍。天台久被劉郎誤，再向桃源問渡難。

漫河

輪蹄轣轆已經旬，王家營正月十九開車。厭聽琵琶恨轉新。寒迸四更風月雪，眠同一室馬牛人。蒜葱韭合三分臭，餅粥羹蒸十斛塵。自笑此行了無謂，枉抛心力作勞薪。

贈蘭芬校書十二首　間用《空谷香》《香祖樓》兩院本語，校書居小李紗帽胡

同德鳳堂

美人芳草舊因緣，謫向人間十九年。花影一枝嬌怯甚，前身應合唤臞仙。

可憐人影太苗條，怯怯生生一細腰。試展柔情香沁骨，學他翡翠戲蘭苕。

情絲一縷繫情腸，引入花叢作睡鄉。解取芳卿小名字，胎中原帶女兒香。

笑臉相偎紅暈渦，緑雲鬟下溜微波。喁喁私語渾難解，慣學流鶯暗駡哥。蘭卿戲呼余爲胖哥。

多惹嬌憨多惹愁，最無情處轉風流。無端背過流光面，爲要人憐却又羞。

弱帶三分病莫支，情留千種太痴迷。那堪再惹傷心話，引得卿卿夢亦啼。

一場春夢醒模糊，亂點餘華唾錦襦。愛遣蕭郎作閑事，迷藏捉罷鬥摴蒱。

點點桃妝襯曉鬟，生憎薄命誤紅顔。祝卿早遂三生約，休把春風度等閑。

四千里外種相思，纔得相逢便别離。畢竟纏綿緣底事，憐他憔悴愛他痴。

不知何處惹情芽，離合人天慣怨嗟。贏得痴郎數行泪，卿卿原是斷腸花。
別緒凄惶泪不收，幾聲將息怕回頭。相思留下前生債，豈必今生合便休。
萬般磨折在風塵，剩個多愁多病身。何日與卿徵吉夢，替卿長作護花人。

三月初六日聞杭城陷，集句擬工部七歌七首

六十年來兵簇簇，野雲萬里無城郭。風掣紅旗凍不翻，輪臺城頭夜吹角。回身忽作异方聲，胡兒眼泪雙雙落。嗚呼一歌兮歌已哀，氣酣日落西風來。

風吹客衣日杲杲，斗酒相逢須醉倒。誰論芳槿一朝新，畢竟悲風吹蔓草。山川滿目泪沾衣，天若有情天亦老。嗚呼二歌兮歌始放，回頭瞪目時一看。

途窮氣盡長安兒，北闕青雲不可期。何由却出横門道，但聞行路吟新詩。真宰上訴天應泣，若問旁人那得知。嗚呼三歌兮歌三發，酒後留君待明月。

惡鳥飛飛啄金屋，殊方日落玄猿哭。宫中歌舞已浮雲，猶唱開元太平曲。秋風落葉閉重門，細柳新蒲爲誰緑。嗚呼四歌兮歌四奏，胡騎中宵堪北走。

羌笛何須怨楊柳，征人薊北空囘首。黄昏飲馬傍交河，一川碎石大如斗。古來征戰幾人囘，勸君更盡一杯酒。嗚呼五歌兮歌正長，猿聲今夜斷君腸。

落花一片天上來，片片吹落軒轅臺。蕭蕭風雨人歸去，古人白骨生青苔。世間行樂亦若此，玉山自倒非人摧。嗚呼六歌兮歌思遲，惟有黄昏鳥雀悲。

北風捲地白草折，返魂無驗青烟滅。舉杯消愁愁更愁，愁如囘飆亂白雪。大江茫茫去不還，蒼梧山崩湘水絶。嗚呼七歌兮悄終曲，星河影動摇野哭。

三十述懷，時落第，將南旋六首

三千里外轉蓬身，茵溷無由問夙因。渾俗慣逢開口笑〔一〕，達觀底事皺眉顰。庚申有約終須守，甲子無情已半輪。自分庸才合樗散，爲誰鹿鹿逐風塵。

鬠齡抗志與雲齊，取次銷磨絮染泥。塵劫半生牛馬走，關山遍地鷓鴣啼。世無知

〔一〕「開」原訛「問」。

己思藏豹，壯不如人空舞鷄。偷得閑身甘小隱，巢林好借一枝栖。陸莊幸有荒田剩，鄰架還餘蠹簡奢。今古豪華多代謝，名士風流一枝筆，詩人眷屬半園花。

一瓣心香炷一經，家無長物剩氈青。非常人也齊鴻案，有异聞乎立鯉庭。差喜荊枝常藹藹，敢夸珠樹自亭亭。歸來贏得天倫樂，何事奔波作客星。

荊妻兒女共團圞，對臥牛衣亦自歡。識字自應多挫折，求錢何處不艱難。炎凉閲透情逾澹，畛域消餘境自寬。慚愧逢時儂不慣，秀才風骨本清寒。

載酒題襟春復秋，年華荏苒付東流。蟲魚花鳥三生約，痴愛貪嗔一筆句。剩有浮名聯驥尾，可無噩夢幻羊頭。諸公衮衮風雲會，肯與山人賜唱酬。

閏三月十五夜同年姜梅生、朱純甫置酒蘭校書家餞行，即席留別 二首

連床話雨猶嫌遠，忽唱驪駒奈别何。痕點青衫桃葉泪，杯斟紅袖竹枝歌。名場錯

認冬烘腦，塵網先驚春夢婆。珍重故人留别意，今宵拚取醉顔酡。余不勝杯酌，爲三人各盡一觴，已頽然矣。

盈盈燭泪滿銅荷，似爲蕭郎惜翠蛾。知己無多思舊雨，美人臨去戀秋波。逢場作戲今聊復，對酒當歌可奈何。四座黯然同飲泣，不知誰是斷腸多。

十九日出都，晚住黄村題壁四首

長安兩月滯歸期，已到鳴鳩乳燕時。落魄還家原草草，窮愁去國故遲遲。無聊僮僕仍隨我，未定雲山且聽之。天賦優游閑歲月，老農老圃儘堪師。

自駕輕軺下日邊，重來難必是何年。未磨圭角難諧俗，獨抱冰心可對天。初念已如矛盾反，浮生更比轆轤圓。始欲留京，嗣因南方多故，决計還轅。惟應不負登臨興，大好金山與惠泉。吴星垣屢夸此間山水，輒復神往。

南天烽火未消除，自笑迂疏百不如。把酒莫澆新塊磊，談經難闡古圖書。敢期著述藏山富，已愧文章報國虚。努力春明諸舊雨，幾人頗牧幾嚴徐。謂鍾雨辰、孫咏仙、姜梅生諸同年。

一笑名場夢已闌，扁舟歸去五湖寬。琴書檢點雖無幾，骨肉都盧亦足歡。好約鄰翁同秉耒，更教兒輩試彈冠。平生自分如鳩拙，隨意經營到處安。

廿一日過十二連橋

十里明湖帶淺沙，芳堤草長軟輕車。遠蘆星火叉魚艇，高柳風帘賣酒家。亂裹麻鞋游子泪，夢中席帽故園花。五更風露三更月，贏得吴鹽點鬢華。

是晚過任丘題店壁

驅車出任丘，宛宛層城阿。人影亂低葦，馬蹄濯晴莎。修堤帶夕陽，連橋匯微波。凉翠無遠近，隱隱聞漁歌。疏雲映高柳，驚風掠園荷。烟水亦未杳，好懷忽已多。農事及茲閑，平疇交新禾。俯仰慨流景，田園今如何。

是夜住河間二十里鋪，與吴星垣諸君同話任丘邊公大受遷墳事，因分體咏之，余得七律

米脂賢宰久瞻依，業墓窮搜功亦希。斛螘已從荒穴聚，尺蛇敢近太陽飛。鐵燈倘未收殘焰，玉帳何時息戰機。自古忠貞昭亮節，天教虎口夜亡歸。

廿二日過臧家橋，和壁間韵二首

千里家山三月夢，半肩行李一囊琴。風光漸暖猶餘冷，天氣雖晴總似陰。好鳥啼花方得意，閑雲出岫豈無心。知君也厭奔波苦，何日林泉迹可尋。

家無漢帝黄金屋，囊有相如緑綺琴。半月綢繆新眷屬，謂蘭卿也。一鞭抛擲好光陰。烏頭馬角終如約，碧海青天鑒此心。不是長安游俠客，門前苔迹杳難尋。

廿四日住平原二十里鋪

經旬奔走軟紅塵，泛梗飄蓬似此身。有價文章難作合，無端哀樂感前因。深慚楊柳垂青眼，多買燕支點絳唇。妝飾自佳吾自愛，畫師敢誤再來春。

廿六日題墊臺驛

東風吹我上京畿，笑整行裝獨自歸。三月鶯花鄉夢短，五陵車馬故人稀。黄金結客豪情在，紫曲張筵韵事非。不盡傷春傷别感，啼痕都付舊征衣。

廿八日題螯陽驛

十里春風十丈塵，桃花欲笑過來人。匣中寶劍樽中酒，紙上功名馬上身。筆硯浮生殉苦海，棘荆歧路困勞薪。自憐夙負元龍氣，收拾光芒尚未伸。

三十日車住郯城十里鋪，聞峒峿紅花埠有阻二首

行盡崎嶇地數州，纔將心事放眉頭。歸程正好兼程進，旅舍翻爲退舍謀。風鶴傳聞殊錯愕，雪鴻踪迹又句留。劇憐望斷還家夢，輪轉迴腸萬斛愁。

一燈如豆却多情，照得離人分外明。當道誰能誅白帝，窮途我欲哭蒼生。吉人自有如天福，群盜誰教遍地行。此去關津幸無恙，笙歌好譜太平聲。

四月朔，車到王營，兵燹之餘蕭條滿目

古驛停驂日漸晡，明窗粉壁訝全無。惡氛終日飛蒼狗，敗屋誰家啄白烏。十里荒郊群鬼聚，半鈎斜月客星孤。重來無復追歡地，瓦礫場中覓酒壚。

憶蘭　集唐四首

蕉紅衫映碧羅襦，纔可容顔十五餘。錦綉叢中臥初起，嗟君此別意何如。

東望望春春可憐，多情信有短因緣。桃花臉薄難藏泪，一度思量一惘然。

宿妝殘粉未明天，曾逐東風拂舞筵。料得那人垂手立，等閑輸却買〔一〕花錢。

香囊高挂任氤氲，鴛被縫來不忍熏。曾恨夢中無好事，肯教容易見文君。

浴佛日舟抵高郵，游甓社湖

天清湖朗鏡光開，夾岸飛花綉作堆。春水緑波雙槳去，美人紅袖半身來。柔藍十里圍孤嶼，空翠一林環廢臺。文游臺在州東二里，蘇東坡、王鞏、李伯時諸公論文處，遺址

〔一〕「買」《全唐詩》卷六四一作「賣」。

尚存。他日相思恐忘却，玩珠亭上幾徘徊。

清江舟次憶蘭　附書都門乞朱純甫同年轉寄　集唐

美人如花隔雲端，相見時難別亦難。直道相思了無益，憑君傳語報平安。

十三夜泊如皋橋 二首

何事當頭明月圓，照人離思倍纏綿。流民千里嗷孤雁，常州、泰州、丹陽、丹徒流民塞江而下，中途多有斃者。客路三更泣杜鵑。南國山川餘劫火，大江雲樹逼烽烟。兔葵燕麥蕭條甚，回首蕪城一惘然。

故國雲山路幾千，傷心遥夜不成眠。沿江雉堞浮兵氣，匝地狼烟滯客船。明月懷人當此夕，乘風歸去是何年。自憐行路難如此，咄咄書空欲問天。

十四日仍住如皋城外

連朝留滯楚江隈，揚州爲南楚。浪迹萍踪冋未冋。明月多情應識我，問渠原是故鄉來。

二十日從餘西場過六角垻，换小舟出圩角港

一葉征帆趁晚波，江城日暮起漁歌。才人事業金甌愧，豎子功名鐵硯磨。直北關山連漢迴，江南花草得春多。從此渡海即江南界。何時雲裹瞻宫闕，元氣依然聚太和。

二十四日自圩角港渡海至瀏河

帆向南行風逐東，轉帆偏欲借東風。瀾翻紫澥天全墨，沫濺銀山日不紅。潮汐千秋分井絡，海江一氣混鴻濛。雄觀到此真奇絶，疑與蓬萊有路通。

二十六日泊陶家灣，時有戒心

遍地亘干戈，途窮可奈何。櫓摇殘夢短，舟載客愁多。野曠驚戎莽，風淒泣女蘿。居民逃竄已盡，耕種俱廢。曰歸歸未得，目斷浙江波。

二十七夜泊松江

十二城樓高插空，濛濛斜照送孤篷。夢縈杜牧春難覺，哀過蘭成賦未工。千古風流思唳鶴，一生浪迹此留鴻。鄉關望斷知何處，遥憶之江東復東。

天中節平湖開船，適覽六家詩，即集其句

天際歸帆望杳冥，遠山猶白近山青。江流日暮聞笳鼓，滿眼干戈愁客星。

是日午後泊乍浦，官民皆竄，逃兵肆掠，船不敢住。初七早晨逆風出海，晚泊丁家堰

萬里回濤色紫殷，雲帆翻覆杳冥間。外蒲風捲裏蒲水，乍浦潮銜澉浦山。出海始知天地險，入江纔脱死生關。同人釃酒聊相賀，虎口餘生竟再還。裏蒲有菜、薺二山如門。中名菜薺港，海舟出入最險，乃乍浦三關之一。乍浦在平湖東南三十里，澉浦在海鹽縣南三十六里。

初八日由三江閘換舟至新埠頭，過壩泊孫斷

驚魂飛過大江東，買得蜻蜓趁晚風。波學眉顰微皺緑，巒疑鬟嚲亂堆紅。半帆暮雨來樵涇，萬谷殘霞入剡中。是日晴雨數變。更喜高高新月上，叩舷長嘯碧天空。

壬戌

自咸豐十一年八月廿五日粵賊自浦江竄義，全家避難油麻灣，流離兩載，寇氛益惡，賦此寄憤同治元年閏八月作

二首

不料商顔避世人，而今奔走痛勞薪。全家忍苦貧兼病，兩載離鄉秋復春。誓嚼齒牙噴碧血，肯低頭項屈黄巾。布衣不合飢寒死，儘有雄心泣鬼神。

凄風苦雨撼茅茨，被髮狂歌天地悲。愁外青山難著我，腔中熱血欲拋誰。親朋生死三更夢，家國存亡半局棋。何日請纓酬素願，早爲霖雨活瘡痍。

哭瑛兒壬戌九月廿五日作　十四首

兵戈滿眼黯傷神，何處桃源可避秦。今日更添思子痛，空山秋雨泪痕新。

無復嬉嬉繞膝前，幾番囘憶倍潸然。自從三歲離娘乳，眠食從余已八年。自三歲從余後，惟庚申北上時離六月耳。

憶汝初生壬子春，恰當三月十三晨。高堂相賀添丁喜，五代孫兒産石麟。兒生時高高祖母毛太安人尚存，兒爲六代孫矣。

汝生彌月病尫羸，彌月胸生大毒，幾被庸醫殞命。後貼馬齒莧，旬日而愈。晬後重驚患慢脾。癸丑六月患慢驚，庸醫連進白虎湯，垂斃。余細考方書，急進逐寒蕩驚湯而愈。馬齒龍肝伏龍肝，即竈心土也。真妙藥，竟將性命奪庸醫。

囘思三歲出天花，四歲春初發疹麻。最喜兩關平易過，不將險惡惱娘爺。

六齡送汝上書堂，痴願期兒續瓣香。識字聰明誇上口，書聲朗朗豈尋常。

爺娘盼汝早成童，汝相魁梧下益豐。替汝早完婚嫁願，今年七月爲兒聘媳。那知無福作痴翁。

携汝奔波春復秋，連旬痁作已彌留。那禁重犯河魚疾，叢病殘生怎得瘳。兒自三月初六離油麻灣到白岩，四月十五到大畈，廿三回白岩，五月十一避神壇山廠，六月廿二到上里，始患瘧，七月初三到茆塘，初四到富村，患水泄，纏綿不愈。初七回茆塘，十三轉富村，水泄瘧疾交作。八月初四又回茆塘，十六回白岩，仍匿神壇塢，閏八月十一回油麻灣，十八夜陡患噤口痢。廿九申刻卒於廠内，痛哉！

離亂何從覓華陀，更無妙藥起沈疴。可憐病骨支離甚，更把芩連噤死他。

九死知難冀一生，阿翁和泪進杯羹。十八起病，時余猶在上里。十九日甄甫信到，二十日趕回。廿一日强進杯羹，不復下咽矣。傷心臨殁猶頻唤，忍聽爹爹四五聲。廿九申刻余方爲調葯，長號爹爹數聲而絶。

倏忽輪回十一年，汝來何業去何緣。塗鴉剩有零星墨，焚向空帷當紙錢。

匆匆藁葬碧杉根，落葉蓬門對墓門。他日全家旋故里，仗誰招汝未歸魂。

夢中猶是唤千回，冀汝離魂仿佛來。唤到夢醒終不應，寒燈如豆落殘煤。

凄凄秋水共寒山，死死生生了此灣。地下若逢雙弟妹，來生能否覓金環。余小女采菊、侄女采蕙，兩侄珍兒、珊兒俱殤。

九月廿九日兒亡匝月矣，再哭以詩四首

兒生滿月喜筵開，文褓翩翩弄玉孩。今日兒亡剛匝月，敝衾裹骨已成灰。

也無衾枕也無棺，時亂年荒事事難。埋骨只憑三尺土，夜臺怎耐雪霜寒。是日大雪。

殘燈無焰影斜斜，閃閃尸尸掩復遮。疑是亡兒魂乍入，飛空鬼雨捲黄沙。

竟隔幽明幾萬重，魂兮一去絶無踪。夢中夜夜逢新鬼，偏是亡兒再不逢。醒則如見，夢則不來，腸一夕而九迴矣。

前哭瑛兒十八絶，琴歌既斷，酒賦難續矣。蓬門臥病，棖觸萬端，枕中成七律十章，意多重複，語涉荒唐，聊以托寫悲哀，不復再計工拙，時同治元年十月初五日也

我身也是夢中身，底事西河太認真。此哭非徒關舐犢，是兒端可望成人。生來眉

目原殊衆，敢詡聰明竟絶倫。争奈曇花纔一現，教儂何處問前因。

前因後果總荒唐，簌簌臨風泪萬行。鷄骨久淹旁死魄，人參難覓返生香。噤口痢惟參連湯可救。水漿不入牕無口，疴痛頻呼猿斷腸。此日哭兒還自慟，他年誰守舊芸箱。

宵從余寢旦從師，不戀娘慈戀父慈。趨塾朝朝朝課早，候門夜夜夜歸遲。并無夭相尋知命，偶理殘書轉益悲。自是門衰逢祚薄，敢云天道竟無知。

生平枉學岐黄術，術到無靈欲廢書。嚼血涔涔啼蜀魄，搜腸點點泣河魚。芩連莫泄膏肓毒，參术難填脾腎虚。自瀉而痢則病由脾入腎，此絶症也。任有百般攻補法，可憐無命欲何如。

三枝荆樹原連理，忽被風摧第一枝。父子緣終恩未斷，死生路异夢難期。當年跬步常追我，此後提携更傍誰。孤負同人譽驥子，那知不是我家兒。

儂於兒輩偏憐汝，偏汝先催薤露歌。不死定堪夸衛玠，無緣何處問閻羅。家貧翻畏添丁富，食寡應憐喪子多。自去秋離家後，子女侄媳已殤六人矣。回首當年渾似夢，乾坤何日醒南柯。

也知一律委彭殤，無奈痴情不暫忘。有子總期薪克荷，愛兒幾欲藥先嘗。可憐魂已飄羅刹，錯認身猶寄渭陽。每問三郎阿玖，必云大哥在母舅家。賜挽那堪勞父執，時傅甄甫下惠挽詩。臨風一讀一神傷。

傷心重賦悼兒篇，墨瀋應和泪雨鮮。饞口那知偏噤口，兒頗健啖，有憎伊口饞者。不眠從此竟長眠。歿前一月通夕不寐。醫非扁鵲空求藥，慧比童烏不永年。若果輪回有來世，願兒好處再生天。

我非木石怎忘情，况是朝朝對汝塋。兒去可憐難覓父，弟來翻幸得從兄。兼哭珊侄。連宵苦雨驚殘夢，咽水寒山助哭聲。我已悼兒兼悼侄，兩番血泪一齊傾。

到處蟲沙剩劫灰，草菅殘命委塵埃。傷心野哭魂千里，冷骨孤眠土一堆。汝已泥鴻成幻影，自無風鶴警泉臺。桐棺三寸渾難覓，離亂生涯百事哀。

附段堯卿師和章〔一〕

樓芸皋孝廉以哭子詩寄余索和，其弟苹皋亦附寄哭子四絶，率賦四首，并和二

〔一〕目録無「師」字，「章」作「詩」。

昆，且以慰之

久睽忽惠我吟筒，擬把新詩傲寓公。豈料開緘猶帶泪，西河抱痛二難同。

兵戈劫後癘爲灾，連理柔枝遽并摧。正喜雙珠常照座，何圖合璧竟同埋。

彩雲易散不常存，此理偕君仔細論。道是靈芝難度種，豈如小草易留根。

今君憂子思難寬，堂上憐君也一般。君若念親憂己疾，勸君減痛更加餐。

前和芸臯兄弟哭子詩，寄去後猶時棖觸於心，再和四絶寄之

由來兒女最情長，頭角崢嶸况异常。雙顆夜光齊墮地，季方含泪對元方。

鬼伯如何太不仁，兩枝玉樹并沉淪。生來弱質原多病，芸臯來詩多叙郎病。一現曇花了夙因。

無罪呼天恨已深，如何又觸我哀音。儂亡四子君亡一，相較誰爲更痛心。余四子或寄戰艇，或被虜，或陷省城，均無確耗。

生生死死每縈牽，塵世常多未了緣。意貴纏綿心灑脱，忘情太上最長年。

嗚呼！余明年春秋三十有三矣，猶憶中年以前，在家守歲，嬉戲膝下，樂不可支。己未北上閶門度歲，雖辭別家鄉，幸得良朋酬唱，頗解岑寂。庚申歲除，在岳家侍疾。辛酉避亂在油麻灣，縱景況蕭條，猶喜骨肉團聚，一家尚怡怡也。今年除夕寄居上里陳亦裴家，舉杯相勸，悲從中來，屈指合家半登鬼籙，慘不成歡，泫然有作壬戌除夕

祖母生天父在天，盧家少婦又重泉。更無愛弟持杯勸，剩有孤雛繞膝前。歲序驚心强歡笑，幽明异路死纏綿。□看燈火渾忘睡，忽聽鷄鳴已隔年。振筆直書，聲泪俱下。

屈指離家已四春，年年哀樂記前因。書生畢竟多寒餓，奇禍憑誰泣鬼神。半稿桐

枝生亦苦，亡室病痹。一盂麥飯死尤貧。除夕適先嚴五七期也。明知佳節須行樂，其奈迴[一]腸痛轉新。

遣悶

一家生計一身肩，摒擋無資劇可憐。茹苦慈親悲歉歲，恒飢稚子病殘年。豪情未便因窮損，苦節還須遇錯堅。敢謂詩書真誤我，誓將鐵硯再磨穿。

〔一〕「迴」原訛「迴」。

癸亥

癸亥元旦志感

石火驚心歲月更，自嗟老大竟無成。静參春意三分到，暗有奇愁一段生。壯志每深知己感，狂吟借作不平鳴。我今頓悟窮通理，翻覆奚須較物情。

初三夜夢亡内

一點情根綰宿因，忽然妍笑忽憨嗔。夢中領略嬌模樣，已是前身隔世人。

贈段堯卿師臺

蕭然浄洗舊京塵，幻出餐霞長嘯身。雲去雲來畫裏客，山花山鳥鏡中春。未將化雨宏師澤，且蔽靈光學隱淪。此老自饒匡世略，暫分餘技作詩人。

臥病哭亡室陳孺人

回憶冬初痁作時，更兼瘡疥苦難支。累卿扶病勤調攝，爲我多方强護持。時孺人已患痹泄，爲余强起，調藥進餌，結衣覆衾，力疾持扶一月有餘。余漸瘳，而孺人彌留矣。嗚呼痛哉！今日風寒添症候，可憐生死已分離。從知結髮恩情重，伏枕悲君還自悲。

辛　未

辛未二月初一日李家莊題壁

銀燈挑盡夜生寒，顧影伶仃瘦不堪。緘好鄉書何處達，恨無征雁到江南。

初四日蒙陰道中

雲散雨無勢，月明風有聲。天時忽寒暖，山色半陰晴。怪石自欹側，野花閑送迎。長亭芳草碧，一路觸離情。

過龔家城

村居叠石兩三家，鷄犬聲中過客車。樹影高低連隴麥，鳥音下上雜池蛙。好山如畫皴濃墨，流水成溪蕩淺沙。行過東蒙到東岳，天門日觀餐雲霞。

望嶅陽口占

鐵蹄時逐鐵輪磨，纔下坡來又上坡。鷄骨離披心撞鹿，羊腸詰屈迹盤螺。嶅山險比蒙山甚，魯道難於蜀道多。北轍還南南復北，天涯何事慣奔波。

初六日早發羊流店題壁

夢醒喚僮僕，匆匆又束裝。壁燈留隱約，山徑辨微茫。遠樹如人立，春原帶草香。白雲迷望眼，歸路一何長。

感咏 余住吴門，遇福齡、愛卿、蘇卿、金鈴、巧齡、花包、綉寶、月香諸校書，叩之多係浙産，遭時荒亂，遽墮風塵，車中追憶，感而賦此四首

驪歌一曲韵喃喃，漂泊秋娘舊恨銜。我是痴情白司馬，爲卿珠泪落青衫。

揮毫相見泪如絲，憔悴殘花剩一枝。多少五陵裘馬客，黄金誰解贖娥眉。

烟花幾月苦銷磨，唤醒三生春夢婆。此後合依蓮社早，好將慧劍斬情魔。福齡屢思落籍，又恐所適非偶，遂欲長齋事佛。

十載蒼生困未蘇，幾多紅粉委泥塗。願將南部烟花録，并入淒涼鄭俠圖。

泰山嘲雲

我聞女媧煉石補天罅，黄帝散花巧作天衣裳。簸弄山川作精氣，因風摺疊藏巾

箱。又聞岱岳雲關納星宿，白絮蒸成艷錦綉。晨光一合千縷長，縷縷故作羅文縐。天公變幻不可知，無端擘絮摇珠霏。可憐當年封禪七十二，到處化作青烟飛。祖龍鞭石石迸血，混沌鑿破天釜裂。砉然躍出雙白龍，浩浩長空舞晨雪。中有仙人王子喬，足踏日觀翩游遨。雲爲軿兮霧爲駕，俯瞰笑我車馬何勞勞。吁嗟乎！朝朝暮暮浮雲起，雲起雲滅何時已。金屋玉堂亦如此，九點齊州合沓中，秦皇漢武一螻蟻。

十三日過十二連橋

風漪吹皺水粼粼，白板紅闌雁齒匀。眉樣柳枝裙樣草，江南無此斷腸春。珊瑚鞭打玉驄過，油壁香車碾緑莎。西子湖頭赢不得，可知燕趙美人多。

早行　十三日題壁

帶夢登車行，時時聞鳴鐸。曠野寂無人，林梢殘月落。

十四日題渠溝壁

杜鵑聲裏客思家，開瘦棠梨一樹花。閑煞東風春不管，斷腸芳草遍天涯。

十六日自黄村四十里進永定門二首〔一〕是日清明抵京

津亭楊柳繫離情，斜日青山送客行。風片雨絲春半老，車箱扶酒過清明。

迴簧妙曲聽從頭，絶勝盧家有莫愁。處處鶯鶯和燕燕，送將春夢到皇州。

〔一〕「二首」原無，據目録補。

重有憶集句三十首　七月朔

憶柳瀛仙十首

門前初下七香車王維，一抹濃紅傍臉斜羅虬。折得玫瑰花一朵李建勳，春風吹我入仙家劉兼。

燕臺花史首題卿王次回，雙宿雙飛過一生無名氏。睡到午時歡到夜香山，直疑踪迹到蓬瀛成彥雄。

雪肌仍是玉琅玕韓偓，添盡羅衣怯夜寒馮延巳。月裏遷延惟見影王次回，平頭鞋子小雙鸞王觀。

出意挑鬟一尺長段成式，小釵横戴一枝芳李珣。翠鈿貼靨輕如笑花蕊夫人，畫閣春江正試妝鄭谷。

月穿衫縷見凝酥王次回，解得相如渴病無羅隱。緑酒一卮紅上面李珣，滿身花影倩人扶陸龜蒙。

只因連夜復連朝微之，更卜同衾一兩宵香山。碧幌青鐙風灩灩微之，佛前香印廢晨燒鄭遨。

緑楊深巷馬頭斜牧之，却道新花勝舊花韓退之。瀛卿於端節後移寓王廣福斜街。想得佳人微啓齒韓偓，問郎堪否便當家王次回　記當時戲語。

青絲素絲紅緑絲常建，悶綉先描連理枝段成式。連理枝前同設誓韓襄客〔一〕，泪痕點點寄相思劉禹錫。

惟將舊物表深情香山，更倩紅鸞綬帶縈王次回。想到碧窗携手地王次回，此心猶覺負卿卿王次回。

雁來魚去是因緣羅昭諫，回札應緘十色箋齊己。不逐彩雲歸碧落曹松，花須終發月須圓温飛卿。

〔一〕「客」原訛「容」。

憶湘雲二首

何因重有武陵期薛能，曾睹夭桃想玉姿魚玄機。桃葉桃根雙姊妹義山，轉難相見轉難思香山。湘、瀛爲姊妹。

好香和影上衣襟李中，一度相思一度吟戎昱。流水落花歸去也李後主，楚烟湘月兩沈沈薛昭蘊。

憶小卿十首

誰家小女字千金李群玉，綉户紗窗北里深楊巨源。見我佯羞頻照影義山，自拈裙帶結同心盧綸。

退紅香汗濕輕紗薛能，倚檻嬌羞醉眼斜劉兼。金雀鴉鬟年十七李紳，勝鸞勝鳳勝烟霞司空表聖。

催促陽臺近鏡臺賈島，愁眉和笑一時開香山。清弦脆管纖纖手香山，不及金蓮步步來義山。群姬多善琵琶唱回簧，惟小卿年最稚，未諳絲竹，而姿態翩翻，風流壓衆。

水晶簾下看梳頭微之，珠箔當風挂玉鈎項斯。慢靸輕裙行欲近薛能，却將羞澀當風流駱賓王。

攏鬢新收玉步摇韓偓，魂隨暮雨此中消劉商。冰肌玉骨清無汗孟昶，不趁聲音〔一〕自趁嬌微之。

窄羅衫子薄羅裙張泌，花滿中庭酒滿樽令狐楚。昨夜月明香暗度張玉田，便無離恨也銷魂趙德麟。

綉難相似畫難成方干，飛燕身輕未是輕新林驛女。紗幔薄垂金麥穗花蕊夫人，一場春夢不分明張泌。

且放春心入醉鄉劉兼，緑蘼蕪影又分張〔二〕姚合。映花避月遥相送李珣，只爲多情團扇郎段成式。

粉胸綿手白蓮香崔珏，懶對菱花暈曉妝韓偓。别後幾回思會面羅昭諫，錦書其奈隔

〔一〕「聲音」《全唐詩》卷四二二作「音聲」。
〔二〕「張」《全唐詩》卷四九六作「將」。

年光劉兼。

何日相逢語舊懷王季友，摘花烹茗任頻差次回。鴛幃久別難爲夢錢起，應願將身化錦鞋段成式。

憶曉雲六首

一鈎新月未曾〔一〕西王周，門外蕭郎白馬嘶温飛卿。焰焰蘭膏明狹室姚合，却回嬌步入芳閨李珣。

第二房門手自開義山，莫將芳意更遲迴黄滔。此時不敢分明道韓偓，郎若來時近夜來杜羔妻趙氏。

不妨微步爲郎迂次回，雲卿妝樓在湖田大街，日間避兵，斂迹小巷，時於夜深，纖手携歸。梳洗樓前粉暗鋪微之。每邀蓉生、苗生踏雪訪之。蟬鬢鳳釵慵不整李後主，高燒銀燭臥流蘇馮延巳。

〔一〕「曾」《全唐詩》卷七六五作「沈」。

花榭留歡夜漏分許渾，睡容無力卸羅裙毛熙震。春風一夜吹香夢武元衡，除却巫山不是雲微之。

窗外梅花瘦影横李重元，香侵蔽膝夜寒輕韓偓。更無言語空相覷毛滂，斜倚薰籠坐到明白香山。

瑣窗還咏碧〔一〕蟾蜍吴融，分得名香在也無次回。却恨良宵頻夢見和凝，幾多紅泪泣姑蘇薛昭藴。

憶金奎一首

逢花逢月便相招陸龜蒙，須把風流暗裏消李山甫。莫唱艷歌凝翠黛龜蒙，送愁無奈是茶嬌次回。奎有盧仝之癖。

〔一〕「碧」《全唐詩》卷六八六作「隔」。

憶翠娥 一首

更乘清月伴君過龜蒙，謂朱苗生。銀燭臺前出翠蛾張籍。閑抱琵琶尋舊曲韋莊，枉將心事托微波龜蒙。

九月十七夜對月懷人

一輪皓月鎖清陰，閑聽秋蟲唧唧吟。紅葉滿階人莫掃，酒酣重理舊瑶琴。
雁斷衡陽音信稀，漫鋪落葉坐題詩。相思惟有天邊月，曾照香濃酒艷時。

壬申

無題四首

此身何計答傾城，明月猶知嚙臂盟。風裏楊花春一面，琴邊鬟影話三生。却因小別成長恨，休怨天仙太薄情。欲把明珠探海底，人間無路到蓬瀛。

再向雲娥寄玉璫，書成四角達中央。情深難免啼珠怨，夢醒猶留枕臂香。錦瑟年華勞護惜，銀屏聲影怯思量。妝成金屋知無分，盼爾斑騅嫁陸郎。

微步頻煩解珮邀，湘江烟月路迢迢。姓名每挂靈妃齒，纖瘦誰量玉女腰。鶗舌啼春經雨濇，蝶魂驚夢逐風飄。年來慣作抛家髻，料得愁蛾慘不描。

飄渺仙雲隔碧岑，緑窗斑管坐春深。玉顔幾耐三年別，蠟泪難灰一寸心。小印綢繆龍篆蝕，尺書消息雁飛沈。劉郎重訪天台日，應爲桃花感不禁。

癸酉

癸酉三月廿四日和蓉生辛未除夕見寄韵，即以代柬

駝鈴郎當出城限，青衫依舊歸去來。客心耿耿動長嘆，附輿何日逢韓哀。田無二頃耕亦好，犢鼻滌瓮勞生涯。豈是鯫生耽恬退，材庸自甘戀棧駘。憶昔長安聯騎走，玉銜花馬春風街。參差翠袖擁歌舞，柳枝裊娜縈章臺。檬子大笑幾落馬，陳君驚座難其儕。酒酣歌罷作白眼，呼猫咄咄聊當俳。罡風一夕忽吹折，車船五鬼來嘲詼。陰風蕭騷鬼夜哭，桐棺歸骨楓根灰。剩我痴肥飽糠覈，鬧取黄連充蜜材。顛當閉門絶遐想，豐城劍氣沈莓苔。讓君獨出一頭地，英華蓬勃争春雷。兄留金門弟歸省，晨昏看舞斑衣萊。會須奇氣同一吐，專精厲意淩九垓。忝附金蘭已兩世，私心

竊羡三蘇才。江雲燕樹滿離恨，重見朱櫻落條枚。辛未四月廿四别君燕邸，五月二十别令弟於錢江，迄今兩載，均未覿面。願君努力重努力，夜光豈復長沉埋。前蒙遺書苦相誡，嗚呼吾意徒徘徊。誓將剗盡風魔障，驚心烏兔交相催。秋蓉春杏欣有約，明年同向東風開。

癸酉春盡寄懷朱苗生　用蓉生辛未歲除燕京見寄韵

驪歌催别江之隈，兩載憶君期不來。落花寂寂苦離索，杜門兀坐吟哀哀。涸轍一魚作忿色，何時鼓浪滄溟涯。張弧脱弧盡昏媾，心疾腹疾疑沈駘。群飛刺天斥怪物，磨牙礪吻紛攔街。鵂鶹叫樹烏啄屋，窮鳥避債愁無臺。蠟言梔貌强酬酢，趦趄囁嚅慚朋儕。老天生我窮骨相，安能摧眉同倡俳。迴車羞學南阮哭，駡座忽發東方詼。獨有痴腸化不得，傾海難滅相思灰。登徒好色不自耻，無鹽嫫母皆詩材。狹邪舊侶忽驚散，吁嗟白骨生青苔。珍重君家兩昺季，結交如漆逾陳雷。阿兄遥遥三千里，文章刻意追蓬萊。君今晨夕侍歡笑，堂堂處子循南陔。山中文史足跌宕，醴陵彩筆真天才。

今晨展讀阿兄句，曲高難和徒儋徊。旗亭何年再畫壁，小紅低唱停筝催。會須同咏霓裳去，金杯勸酒宫花開。

録蓉生原作　辛未歲除感懷奉寄

凍雲漲墨栖城隈，朔風捲地擁雪來。寒棱砭骨失重纊，畢逋烏尾啼聲哀。紇干凍雀解飛去，游子滯迹仍天涯。人生落薄不稱意，局促轅下真駑駘。出門惘惘呼影語，日暮彳亍銅駝街。裘敝履穿苦索米，問君何福登金臺。長安少年盛意氣，使酒駡座驚朋儕。飲酣攘臂詆權貴，乞憐暮夜師優俳。拙哉子雲口謇澀，時宜不合騰嘲詼。百尺侯門矗雲表，趦趄欲進心顔灰。天生傲骨竟何用，拳曲臃腫非良材。懷中舊刺久磨滅，索居苦憶同岑苔。半載相依接眉宇，縱横議論癲如雷。神椎一擊苦不中，拂衣歸去耕蒿萊。區區捧檄何足羡，晨夕羞膳馨蘭陔。鴻妻霸子共情話，瑶環瑜珥饒清才。人間奇福君恣取，興酣落筆淩鄒枚。我獨何爲泛萍梗，依人作計頭長埋。彈鋏一歌三嘆息，酒闌夢醒空徘徊。遠道尺書倍珍重，頳鱗蒼雁勞頻催。春風翹首向南望，隴頭爲報梅花開。

放歌　寄朱竹卿　集句

自笑狂夫老更狂杜甫，懸鶉百結獨坐負朝陽蘇軾。有時顛倒著衣裳杜甫，誰能高叫問蒼蒼李玖。男兒生無所成頭皓白杜甫，牙齒欲落真可惜杜甫。囊中未有一錢看蘇軾，傾家釀酒三千石陸游。經營身計一生迂蘇軾，貧來争免鬼揶揄徐賁。只今不重文章士織錦人語，何用年年空讀書高適。前年上書不得意李頎，孤負壯心羞欲死吕温。長安道上春可憐崔灝，又是一番新桃李無名氏。落絮飛花滿帝城孫光憲，一場春夢不分明張泌。啼鷄拍翅三聲絶元稹，老兔寒蟾泣天色李賀。披髮之叟狂而痴李白，回頭四十二年非蘇軾。逢迎少壯非吾道杜甫，貧覺家山不易歸羅隱。歸來羞澀對妻子蘇軾，眼中之人吾老矣杜甫。直是荆軻一片心李賀，未知肝膽向誰是高適。白日不照吾精誠李白，男兒本是重横行高適。安得倚天劍李白，斬横海之長鯨梁元帝。長驅靖鐵關李白，朝天赴玉京李白。丹青宛轉麒麟裏杜甫，五雲垂輝耀紫清李白。噫吁嚱李白！丈夫立身有如此李白，壯心剖出酬知己李白。青霄休怨志相違劉滄，咫尺應須論萬里杜甫。君不見夏雲奔走雷闐闐韋應物，虎吼龍鳴騰上天李嶠。

甲戌

甲戌二月十二日泰安題壁

去年九月十二到東鄉，載酒去約虞韞山。韞山羞學時世妝，美玉不沽韞而藏。十月十二賀新郎，儐客賀客朱與王，主人勸酒累十觴。仲冬十二訪朱郎，朱郎之父我同庠。卅年老友重聚首，圍爐賞雪樂未央。臘月十二整行裝，老母爲我縫衣裳，病妻爲我備糇糧。十八立春我生日，晨鷄未唱辭高堂，衝風冒雨宿暨陽。廿三渡錢塘，除夕泊吴江。吴江度歲黯思鄉，不禁泪下沾衣裳。朱郎教我遣愁法，買得扁舟赴上洋。上洋十里春風香，就中最好聚仙堂。可意人兒幸無恙，桃花猶認舊劉郎。其時正月十二夜，十三話别何匆忙。今月十二到泰安，進山四日將出山。我僕已痡我馬黄，神京千里猶茫茫。吁嗟乎！自從去年九月十二至今夕，悲歡離合皆陳迹。何況百年三萬六千日，蜉蝣之羽麻衣雪。我題此詩歌當泣，擲筆仰天長太息。

十五夜平原二十里鋪對月

酒醒又何處，再見一輪圓。魂亂難尋夢，情深悔結緣。排雲招倩女，填海覓瀛仙。獨抱綿綿恨，書空難問天。

十九日過十二連橋是日清明

折遍楊枝又柳枝，東風著力繫相思。無情最是離離草，緑到江南人未歸。

髻子新梳釵燕斜，有人斜倚小窗紗。閑階細草關心甚，蝴蝶雙飛蝴蝶花。

憶亡友夢溪

代整行裝上帝畿，可憐同去不同歸。只今麥飯誰澆奠，一曲孤鸞泪滿衣。

憶亡内

埋玉深深十二年，玉人何處再生天。年年記得清明節，酹酒棠梨泣杜鵑。

題夢雲團扇牡丹 二首　集唐

幾處偷看紅牡丹，紅泥亭子赤闌干。玉纖折得遥相贈，幾許幽情欲話難。

滿身花影倩人扶，心裏猶嫌花樣疏。似妾傾心在君掌，外頭得似此間無。

黄浦寄夢雲

一日不見如三秋，十日不見人千里。此雲送別語也。感卿此語心骨悲，不禁泪下如鉛水。憶自六月初七七月七，纔入歡場早傷別。泥我重留十六宵，累卿滴盡千行血。二十四日辭帝京，二十六日駐天津。二十九日上火輪，八月三日泊春申。無浪無風魂不驚，兩字平安報與卿。只有痴情一點無摧挫，夢魂不怕關山鎖。十載盟香心字堅，一紙私書泪痕涴。願卿莫咽鶯粟膏，願卿少吃檳榔果。秋風多厲早裝綿，努力加餐安穩臥。珍重珍重萬千千，莫謾傷心空憶我。

附夢雲來書及詩

去年別後，離緒滿懷。雖兩奉瑶函，極意慰藉，十年之約，矢彼雙星。但紈扇生凉，銀釭照影，子規愁月，絡緯啼秋，觸緒紛來，彌增嗚咽。五月廿四日復接手函，兼悉近況，開緘疾讀，泪隨聲下。夢雲何人，猥蒙眷眷，感深而泣，伏思報命，謹呈小詩四章，以當鈿合。他日行旌北上，紅燭雙燒，填數載之相思，了三生之公案。區區私願，於是乎在。若夫江上琵琶，門前車馬，被翻紅浪，漿乞藍橋，皆白璧之微瑕，亦青樓之舊習。夢雲自矢，庶幾免此。秋風多厲，諸惟自珍，伏希心照。夢雲謹肅。

縹緲蓬山無路通，相思人住彩雲東。玉環消息三生在，紈扇恩情兩處同。鳳舄軟侵香草碧，鮫綃輕裹泪花紅。闌干十二都憑遍，盡日闌干盡日風。

寂寂紗窗裊緑烟，叩門知有尺書傳。蠻箋半漬模糊泪，薄命深悲斷續緣。春去鎮教親藥裹，夜闌誰爲卸花鈿。碧桃花下憑肩處，燕子雙飛總可憐。

幾生修得到鴛鴦，棖觸前塵劇可傷。顧我燈前偷避影，泥郎花底捉迷藏。每嫌日永徘徊久，坐到更深笑語涼。一自巫峰雲散後，定知衫袖尚餘香。

暮雲天末寄相思，雁足難傳腸斷詞。此後風光殊曩日，個中心事憶當時。秋星閃閃銀河冷，夜雨瀟瀟錦帳垂。舊約十年君記取，莫教緑葉暗花枝。

子夜歌十首

對坐錦墩前，看儂看不了。雙頰暈羞紅，惱郎故相𥌓。

與郎雙橄欖，教郎見赤心。兩心如火熱，銷得等身金。

捧頰笑微微，舌吐丁香小。郎愛口頭甜，咽儂半蜜棗。

雙飛羨鴛鴦，雙行學蛩駏。紅樓姊妹多，不許通眉語。

捧郎一甌茶，郎道儂斟醋。低問薄情郎，新人可如故。

吃儂桃花粥，勝吃胡麻飯。郎莫折桃花，桃花似儂面。

郎自剥蓮子，儂自打胡桃。苦心軟腸肚，憐惜自同胞。

昵郎欲郎憐，笑郎太無賴。給儂枕手眠，偷解香羅帶。

郎買合歡帶，休問妾腰圍。妾身郎慣抱，纖穠郎自知。

昔別已三載，此去何時囘。贈郎金訶子，冷暖長繫懷。

庚辰

庚辰十月初五日出章江門赴進賢

捧檄出門去，肩輿赴進賢。白蘋鋪雪海，烏桕醉霞天。落日羅溪渡，過大羅溪、小羅溪兩渡，溪下通鄱湖。秋風釣子船。西山回望杳，清景自蕭然。

初七日東鄉書所見

東鄉高髻高一尺，明璫如釧釵如戟。一簪壓髻鬥新妝，大板番銀兩頭貼。裙高挑出玉玲瓏，木底鞋兒翹似弓。愛紮一雙綿帶子，不須藕覆襯深紅。

初八日到安仁

兒童齊拍手，此客早經過。愛看龍舟鬧，曾敲鐵板歌。榴花前度艷，楓葉者番多。笑問重來客，遑遑欲若何。

安仁

浪頭直下孟津門，城上高樓認浪痕。疑是獅江起龍鬥，拚將雉堞飽鯨吞。浮尸已逐鴟夷化，披髮誰招魚腹魂。剩有孤嫠多餓口，何時加賑沐君恩。

初九日自安仁住貴溪

截江龍虎鬱嵯峨，驤首猙獰欲渡河。樹被雷轟留塔影，崖經輪碾劃簾波。烏喧晴竹喜冬暖，鼠瞰殘燈攪夢多。深恐來朝天作雨，披衣時問月如何。

初十日在貴溪送趙子燕回金華

在山出山泉性改，高樹低樹禽變音。我是熱腸撐冷眼，君休交淺怪言深。中州已悔全銷鐵，孤注何堪再擲金。明月雙溪歸去好，章江烟雨莫重尋。

貴溪三宿赴弋陽

浮屠三宿便當行，歷盡山程問水程。細雨送帆微有影，寒沙趁屐膩無聲。箬編鱗瓦喧雲碓，石代花磚炫錦城。曾是端陽泊舟處，只今重到倍關情。

途中見冒雨迎神，口占一笑

虬髯赤面氣雄哉，幢蓋全無冒雨擡。笑爾形骸已土木，爲誰僕僕去還來。

自進賢至弋陽，城郭田廬多遭漂没，晚禾歉收，一入官倉，存者無幾，深可憫也

山崩川沸暗心驚，猶幸秋來少有成。老緑一籬瓜幸熟，嫩黄十畝麥纔生。願停奉檄催租吏，且聽荒村打稻聲。寄語長官勤撫字，好培元氣保升平。

十五日自弋陽赴興安

橋跨晚港接平沙，橋離弋陽城十里。臨水人家多績麻。最是春風亭外好，亭離橋十里。满山開遍白茶花。

住興安署，夜大風

塵世榮枯太不平，天公也作不平鳴。盲風入谷虎狂嘯，怪樹翻濤鴞亂驚。千歲老

蟾光自舞，一衾痴蝶夢難成。旅魂更有離群感，愁絶長空征雁聲。

贈興安羅星槎明府

亂山叢裹斗城高，落落奇才此繫匏。蟻垤未甘盤驥足，蠒絲辛苦理牛毛。萬家生佛大堂匾額誠無忝，兩袖清風亦自豪。瞬息三年看報最，安排五馬擁旌旄。

留别星槎

税駕横峰日已曛，興安古横峰。爲除膺屋掃塵氛。過江自愧非名士，設醴頻教累使君。花縣幾人工製錦，木天何日許論文。令兄郁田鄉會同榜并同庚。來朝又聽驪歌唱，别後詩情繫暮雲。

十八日由興安赴上饒，小住大路口

檐溜聲稀月又殘，曉嵐凉送客衣單。雲歸靈岫天光浄，離靈山十里許。風過仙橋日色寒。仙橋在大路口，非貴溪山也。臥水沙堤痕一綫，環山煤洞路千盤。霜林缺處留茅店，脱粟村醪且勸餐。

十九晚過上饒城外浮橋，游信州書院

信州形勝冠群州，江外層巒踞上游。萬里西風催擊楫，半林殘照送登樓。石移艮岳鎪蒼玉，雲護蒙泉瀉緑油。何日歸途重蠟屐，一杯亭上再句留。一杯亭，院中勝景。

十一月初二日宿玉山署

行行重上玉山城，江浙分途第一程。爲觸鄉心邀好夢，偏睁醒眼過殘更。家書久闕平安報，杯酒翻教芒角生。寄語故山諸舊雨，莫將猿鶴綰塵纓。

初三日自玉山回信州

自夏徂秋又涉冬，雪泥三度笑飛鴻。關心殘月迎新月，回首西風轉北風。勁草偏能霜後翠，晚花猶傍日邊紅。扁舟重向銅塘泊，詩卷先呈白石翁。謂姜春銘通守。

初五日自上饒到河口，感瘞雲岩事

孤烟落日冷漁蓑，獅水章江渺逝波。雲娥流寓河口，歸骨章江門外。寒月欲沈歸夢杳，不知何處吊雲娥。

自題小照

老夫長身玉立，湖海豪氣猶昔。雖然爲米折腰，何遽如許寒乞。

癸巳

癸巳六月自題煮石翁小照

謂似石翁也得，謂不似石翁也得。謂似石翁前生也得，謂似石翁後生也得。咦！

塵世已無真面目，青眼何人識老拙？

甲午

甲午重九題傅春泉小照

休將綺歲等閑過，似我空嗟春夢婆。貧始燒丹病求艾，此生何事不蹉跎。

自題小照

爾何人，我認識。少風狂，長游俠。錢無緣，書有癖。摶扶摇，忽垂翼。老來甘作無氣官，如此頭顱真可惜。

補　遺

題蓑笠軒僅存稿

瓣香直接白雲詞，詞學淵源公自知。越水吴山歌一曲，唱公詞勝讀公詩。

粲花館詞鈔

序

樓芸皋先生爲吾鄉名進士，善屬文，長於詞，性倜儻，好作狎邪游。清咸同間，公車北上，所過名勝輒留題咏，而又以贈女校書諸作爲尤勝。同治辛未，自裒青樓雜咏如干首，名曰《戀花集》，丐同邑朱竹卿先生爲之序。將付梓矣，不知因何障礙，卒未刊行，迄今六十餘載，已無從悉其原委。今余所印者，其全集也。全集中除青樓雜咏外，尚有他作，如憶内、如哭子、如避亂以及在江右與友朋酬唱。篇什既多，範圍加廣，不宜再以「戀花」名矣。然余今仍將竹卿先生《戀花集序》附載卷首者，非謂刊書之例如此，實不忍没前人之陳迹耳。或曰：樓公詞雖佳，而多憶妓之作，不足表率後進。君乃爲之刊行，得毋犯誨淫之嫌歟？余曰：不然。孔子删詩，不廢鄭、衛，桑間濮上，何嘗不與《關雎》《葛覃》并列國風，豈孔子亦誨淫耶？况集中憶内諸作，至情至性，并不因偶有冶游而傷夫婦之正，以視今世薄幸男子喜新厭故、動輒遺弃糟糠者，不啻有人禽之判矣。余爲印行，正欲藉此諷末世云。民國二十二年八月，同里後學黄侗撰於杭州客次。

戀花集序

紅蓮緑水，空留阿軟之題；禪榻鬢絲，誰醒揚州之夢。絶世之聰明如許，無限低徊；中年之哀樂偏多，正宜陶寫。然而西陵松柏，結易同心；南部烟花，記須妙手。往往紅綃寄泪，錦字緘愁。詩題照春之屏，書掌傳芳之使。栖鳳鳥則東風擡舉，識黄鶯而缺月重圓。儻非刻翠之仙才，終負比紅之絶調。粲花主人，侯鯖妙裔，揮麈名流，詩骨裁花，吟魂冶雪。一枝丹桂，早攀蟾窟之秋；十載青藜，重踏燕臺之月。偶思閑寫，爰[一]詣平康。花含笑而春生，玉入懷而冬暖。未免人生行樂，我輩鍾情，渡挽銀河，漏添海水。到處蓮房之夢，願作鴛鴦；一生花底之緣，化爲蝴蝶。柳枝結帶，乞

〔一〕「爰」，朱鳳毛《虚白山房駢體文》卷一作「愛」。

義山贈詩；孫棨[一]擘箋，爲宜之題句。每至緑幺低按，絳蠟高燒，揮烟墨以如飛，答香弦而欲語。描將翠黛，留雲借雨之歌；譜入紅牙，殘月曉風之唱。擊節則鶯花亂下，催酒而銀箏不停。幾欲老是鄉之温柔，戀鏡湖之春色矣。春風一度[二]，流水三生；吹夢西洲，送君南浦。有情誰遣，無語相看。明知映面桃花，佳人難得；可奈前身柳絮，游子何之。縱慘緑之再[三]來，恐小紅[四]之已嫁。垂楊門巷，當年曾繫玉驄；芳草天涯，何處重逢金犢。加以青琴薄命，紫玉如烟，裙霞黦而壞蝶飛，欄月沉而啼蛄吊。尋春較晚，成陰緑葉之枝；凄恨不勝，滿地紅心之草。其冶游而翠謔也如彼，其傷別而魂銷[五]也如此。宜其迴腸蕩氣，減字偷聲。但知紅豆之相思，不管青山之冷笑也。嗟乎！南船北馬[六]，陳迹都非；歌扇酒旗，墜歡不再。惟此一編之白雪，調來三嘆之

〔一〕「棨」，朱鳳毛《虚白山房駢體文》卷一作「綮」。
〔二〕「度」，朱鳳毛《虚白山房駢體文》卷一作「别」。
〔三〕「慘緑之再」，朱鳳毛《虚白山房駢體文》卷一作「崔護之重」。
〔四〕「小紅」，朱鳳毛《虚白山房駢體文》卷一作「雲英」。
〔五〕「魂銷」，朱鳳毛《虚白山房駢體文》卷一作「銷魂」。
〔六〕「南船北馬」，朱鳳毛《虚白山房駢體文》卷一作「船唇馬足」。

朱弦。遂令蕩子相呼，恨人自署。如粲花者，負其磊落英多之氣，屈之塵囂骯髒之中。犢鼻風流，誰憐才子；羊頭奇遇，悔覓封侯。秋駕三年，春明一夢。崚嶒傲骨，豈彈鋏之能甘；辛苦折腰，又烹鮮之有待。銷旅況於單衫小扇，寄幽懷於鬢影鬟絲。以妄塞悲，破涕爲笑。詞真[一]絕妙，戲却逢場。不過借纏綿紅袖之思[二]，寫牢落青衫之感已耳。必欲指麗辭爲爨本，尊笨伯以儒宗，哀此情痴，閑之名教，則靈均香草[三]、彭澤閑情，皆風雅之無傷，亦寓言所不廢。而況[四]參空色相，一場春夢之婆；勘破情禪，四壁秋波之畫。不必休文懺綺、法秀括槌，而第觀此集之因文生情，即可知他日之以詞悟道也。余與粲花芹香同采，葭溯空殷[五]。百里近交，但裁短札；十年相[六]見，依舊狂奴。猥貽金粉之編，來索玉臺之序。自笑一池水皺，何事干卿；却緣滿席

〔一〕「真」，朱鳳毛《虚白山房駢體文》卷一作「雖」。
〔二〕「紅袖之思」，朱鳳毛《虚白山房駢體文》卷一作「白紵之歌」。
〔三〕「草」下朱鳳毛《虚白山房駢體文》卷一有「本是寓言」。
〔四〕「皆風雅之無傷，亦寓言所不廢。而況」，朱鳳毛《虚白山房駢體文》卷一作「何傷白璧」。
〔五〕「葭溯空殷」，朱鳳毛《虚白山房駢體文》卷一作「枌社相依」。
〔六〕「相」，朱鳳毛《虚白山房駢體文》卷一作「重」。

花飛，不禁忍俊。呼之欲出，絶勝寄畫之崔徽；歌也有思，請學狂言之杜牧。同治辛未九月，五指山樵朱鳳毛。

題瀛雲小仙戀花集集句

碧草迷人歸不得温飛卿，子虛何處堪消渴同。黄金不惜買蛾眉白香山，他鄉冉冉銷年月駱臨海。花徑透迤柳巷深李義山，帝城行樂日紛紛香山。城西楊柳向嬌晚飛卿，金屏笑坐如花人李太白。妙年歷落青雲士同，行處春風隨馬尾李長吉。更作章臺走馬聲義山，醉和香態濃春裏羅虬。個裏無窮總可憐臨海，詩家眷屬酒家仙香山。吴歌楚舞歡未畢太白，藕根蓮子相流連飛卿。碧天如鏡月如鈎同，花臉雲鬟坐玉樓香山。莫訝韓憑爲蛺蝶義山，傳聞織女對牽牛臨海。銅壺漏斷夢初覺飛卿，雲母空窗曉烟薄同。直教銀漢墮懷中義山，莫向尊前奏花落同。抱月飄烟一尺腰飛卿，鳳城寒盡怕春宵義山。春宵苦短日高起香山，露重花多香不銷飛卿。郎心似月月易缺同，畫帶雙花爲君結同。處處春來感事深香山，年年錦字傷離别飛卿。門外蕭郎白馬嘶同，樹名從此號相思同。天津西望腸應斷義山，弱柳千條杏一枝飛卿。輕橈便是歸時路同，却憶短亭回首處義山。

離腸百結解無由魚玄機，梁燕雙栖老休妒香山。此時相望不相聞張若虛，寂寂花時閉院門朱慶餘。神女生涯原是夢義山，夢來何處更爲雲同。推烟唾月拋千里同，美人娟娟隔秋水杜子美。欲書花葉寄朝雲義山，半曲新辭寫綿紙同。憶在天門街裏時香山，翠釵紅袖坐參差同。銀箏夜久殷勤弄王摩詰，花牋拋巡取次飛香山。雀扇員員掩香玉飛卿，側近嫣紅伴柔緑義山。曾將詩句結風流香山，裂管縈弦共繁曲飛卿。舊事思量在眼前香山〔一〕，關河迢遞過三千同。深知身在情長在義山，只是當時〔二〕已惘然同。可憐樓上月徘徊張若虛，青雀如何鴆鳥媒義山。自恨青樓無近信飛卿，早知如此悔歸來香山。鯉魚風起芙蓉老義山，惆悵舊游無復到香山。惟有衣香染未銷義山，記得長安還欲笑太白。挑盡銀燈秋夜長香山，滿窗明月滿簾霜同。江魚朔雁長相憶義山，愁煞多情驄馬郎香山。

同治辛未九月惜餘芳館生朱懷新

〔一〕「前」原訛「中」，據《全唐詩》卷四四六改。
〔二〕「時」原訛「事」，據《粲花館詞鈔勘誤表》改。

自題戀花集集温飛卿句　癸酉三月

暮雨朝雲世間少，簾外落花閑不掃。更因行樂惜流年，可惜雄心醉中老。楊柳風多不自持，半含春雨半含絲。杏花未肯無情思，門外蕭郎白馬嘶。一解

一曲堂羅屏半掩桃花月，宿妝隱笑紗窗隔。明月入懷君自知，此意欲傳傳不得。一曲堂堂紅燭筵，十五十六清光圓。玉兔熅香柳如夢，遥遥珠帳連湘烟。闌干星斗天將曙，兩股金釵已相許。錦薦金爐夢正長，與君便是鴛鴦侶。二解

碧草侵階粉蝶飛，暫時相向亦依依。春來幸自長如綫，世上方應無別離。千門九陌花如雪，欲上香車俱脉脉。露重花多香不銷，拗蓮作寸絲難絶。一夜西風送雨來，柳花飄蕩似寒梅。海旗風急驚眠起，一送恩波去不回。三解

江雨瀟瀟帆一片，相思莫道長安遠。月照高樓一曲歌，小姑歸晚紅妝淺。降階握手登華堂，花風漾漾吹細光。樓前澹月連江白，月到枕前春夢長。殷勤爲報同袍友，

勸君莫惜金樽酒。清夜恩情四座同，安得一生各自守。冰簟銀床夢不成，不將心事許卿卿。百幅錦帆風力滿，城頭却望幾含情。四解

憶上江南木蘭楫，沈香關上吴山碧。陽厓一夢伴雲根，千里春風正無力。支頤瞪目持流霞，莫羡相如却到家。蓮浦香中離席散，水風空落眼前花。白蘋風起樓船暮，篷聲夜滴松江雨。橋上衣多抱彩雲，雲飛雨散知何處。晴碧烟滋重叠山，望雲空得暫時閑。花若有情應悵望，小門終日不開關。五解

心游目斷三千里，猶在濃香夢魂裏。高樓客散杏花多，黄鶯不語東風起。夢逐烟銷水自流，滿叢烟露月當樓。春風幾許傷情事，還恐添爲异日愁。六解

碧簫曲盡彩霞動，颸颸掃尾雙金鳳。愁紅帶露空迢迢，玉晨冷磬破昏夢。可惜牽纏蕩子心，至今蓮蕊有香塵。終知此恨銷難盡，枉抛心力作詞人。情爲世累詩千首，昨日歡娛竟何有。芳草無情人自迷，長教月照相思柳。七解

庚申[一]

卜算子　庚申正月三十日住平原二十里鋪

爲底別梅花，孤負山陰道。怯怯春衫黯黯魂，甚法商量好。

捱盡可憐春，莫被東風曉。減得天涯一段愁，索性無芳草。

賀新郎　黄河涯題喜齡紅巾

來去光陰换。聽琵琶、淪落風塵，頓生長嘆。傾國名花原罕有，况我柔腸易亂。

〔一〕「庚申」原無，據目録補，以下干支紀年同。

更一片、奇香偷染。紅粉青衫相對夜，學雙星、私度銀河漢。惜花枝，將花看。披衣猶是低聲喚。道風霜、前途珍重，我心寸斷。底事荒鷄催曉別，不許鴛衾重暖。問今夕、紅絲誰綰。倘有奇緣能再續，勸娘行、休把征程算。聚和散，霎時判。

唐多令　劉智廟戲嘲同人

有客暫停騶，尋花入翠樓。可憎才、難舍難收。嫁與東風春不管，秦吉了、任綢繆。無語漸低頭，相思一筆勾。霎時間、變作離愁。珍重一聲儂去也，真薄幸、浪風流。

鶯簇一金羅南曲　劉智廟贈翠喜

何物最魂銷，剔銀鐙看阿嬌，琵琶半掩嗔還笑。更那堪，俊龐兒秋波俏。俺只見，春上眉梢，情逗心苗，一霎兒喜孜孜，飛也麼瞟；一霎兒睡微微，偷也麼瞧。博得我眼花撩亂，魂兒恁飄；肝腸牢染，心兒怎拋。恨不得做了個比目魚兒也，雙雙同入鴛幃悄。

賀新郎　晏城懷琴喜

久喚奈何矣。猛睹却、壁間殘墨，頓鈎愁起。野屋緑杉圍一碧，恍有大家風味。徯幸煞、香肩并倚。淺笑輕顰還爾爾，對名花、最愛無言裏。蘭麝散，粉痕膩。懶妝除盡繁華氣。恰芳名、紅閨巧乞〔一〕，艷符緑綺。片刻相逢催別去，雲鬢星眸猶記。問何術、可能縮地。回首雲山縹渺遠，逐車輪、難敵纏綿意。和淡墨，將心寄。

如夢令　二月初六日王村遇雪

怪底春寒如許，春欲將人留住。愁思正茫茫，回首江南何處。無語，無語，斜看

〔一〕「巧乞」原訛「乞巧」，據《粲花館詞鈔勘誤表》改：「原稿作巧乞。」

一嗛飛絮。

滿江紅　贈蘭芬團扇，即題其上

萬古情天，問何事、這般磨折。悔只被、情根一點，纏枝牽葉。暮暮朝朝雲雨恨，花花草草風霜泣。與卿卿、同是負青春，空悲切。美韶華，去何疾。好因緣，散何急。打疊起春魂，一片無端抛撇。愛好一生偏自誤，相思千種憑誰説。願生生、勿作有情儂，免塵劫。

念奴嬌　前題

痴魂消矣，聽一聲珍重，頓添愁戚。記得相逢携手處，私語小窗喁唧。金屋雲深，玉杯春釅，形影私憐惜。幾番回首，舊時顰笑堪覓。今日蝶夢難醒，鵑魂猶戀，心比愁絲織。遥想卿卿應念我，剩得鴛衾形隻。憔悴青衫，飄零紅粉，後會真難必。贈卿團扇，入懷應感疇昔。「後會難必」竟成讖語，痛哉！

水調歌頭　閏三月二十日題孔家馬頭

勘破一場夢，拍手作狂歌。人生聊自行樂，何事苦奔波。只爲虚名蝸角，慣受小兒顛倒，個個害風魔。到底成何用，能值一錢麽？而今後，拚一笑，任嘍囉。人情大抵難測，翻覆雨雲多。坦率我憐宋五，謾駡我同劉四，豎子奈余何？富貴讓公等，我已醒南柯。

念奴嬌　四月初一日車阻紅花埠，觀舊題有感

下車長嘆，嘆風塵潦倒，迷陽却曲。回憶春宵題壁夜，雙鳳彈絲吹竹。題詩時有素鳳、鳳姣二女史在座。潑墨塵封，墜釵玉折，後會真難續。寂寥誰語，三人仰面看屋。

東陽吴星垣、寧波童卓三皆因峒峿有阻，住車此埠。

矧值杜宇千山，尸陀遍野，南北兵威挫。北患捻匪，南患粤匪。憂世無才嫠恤緯，我輩徒蒿心目。寶玦腰間，吴鈎燈下，負負空呼腹。聽殘更鼓，那堪心事棖觸。

鶯啼序　初二日仍住紅花埠，與童君春孝廉、陳君琢堂翰同年屈指京師妙伶，爲譜鶯啼序一闋

重按燕臺譜，多少霓裳新侣。猶記得、客路三千，聒耳琵琶倦賦。燕國摩珠憑暗記，龍標畫壁爭先睹。正熱腸傾倒，静聽紅牙三度。

偶爾下場，翩然入座，别自饒天趣。恁徘徊、飛鳥依人，那更含情春煦。挂臣冠、鏤玉横釵，㜷郎懷、銷金繫縷。倘教伊、裹足纏頭，宛然嬌女。

香名記取，待西墜金烏，東升玉兔。約勝友如雲，雷動輪飛，瑶臺少住。鶴膝微灣，柳腰低折，圍茶獻罷頻回顧。夜訪名打茶圍。羨絶世、笑顰空菊部。風流萬種，黯然偷注横波，飛上眉梢如語。

幾番良會，來也姍姍，却便匆匆去。回憶雛鶯乳燕，艷福難消，瓊花璧月，優曇何處。底事干卿，無聊似我，愛河難滿無邊岸。祝菩提、個個金鈴護。那堪萬里歸來，重尋春夢，有情奚補？此作按本朝陳其年與林枚二公填入，校吴文英舊譜，多有未叶。自記。

摸魚兒　蘭卿餞行〔一〕，倏已匝月，追憶離筵，悵然有作

憶離筵、懨懨愁坐，兩人恩分如許。花前密誓添香火，酒後柔腸沾絮。卿何苦。卿不見、青衫如我傷遲暮？緑樽休注。縱不話離愁，也應難忘，珠淚暗拋處。凄然也，回首燈前泣别。喁喁一對兒女。猶貪片刻，柔荑把口噤，心酸無語。卿休誤。卿不見、銀牆珠户皆塵土？羅裙漫污。願貝葉重翻，蓮花不染，休再等閑度。

〔一〕「餞」原訛「殘」，據目録改。

紅林檎近　五月初一日，舟阻青風涇，離賊營五里，時有炮火之警，沿江居民逃竄已空

南國頻經亂，大江兵火連。老稚各狂走，蒼黄渡紛然。賊過兵皆拾唾，刮盡萬窖無錢，躪盡萬竈無烟，蕪盡偃猪田。

縱火驅草木，暴骨積山川。風腥月黑，深箐多少啼鵑。問何年投筆，風烟迅掃，國威重振千億年。

水調歌頭　初二日嘉善有警，回次洙涇，閲邸報，兩江總督何桂清因張國梁大營失守，與將軍和春自滸關逃入蘇州，旋因蘇紳抗拒，仍回滸關。追賊至無錫，和春縊死舟中，而何桂清竟遁入上海，其所轄奸淫肆掠，害甚於賊，可嘆可恨

寰海太平久，驀地動干戈。養癰誰實遺患，蠶食遍山河。幾處萑苻草竊，一片蟲

沙小劫，初起本無多。爲虺勿摧却，蛇荐復如何。賞花翎，張羽纛，發峨舸。上海、崇明、松江戰艦不下千餘。長江釃酒，會須指日蕩妖魔。那有辛毗仗節，翻似武鄉帶汁，兔脱亂奔波。藩鎮盡如此，誰奏凱旋歌。

壽樓春　九月苦雨二旬志悶，時睦州失守

凄凄還瀟瀟。恁零零淅淅，切切嘈嘈。點點聲聲滴滴，黯然魂消。腸欲斷，心無聊。悶煞人、凄惶牢騷。更幾陣西風，黄昏怒吼，窗外碎芭蕉。欹孤枕，燈頻挑。似銅仙下泪，天亦號咷。況值訛傳風鶴，此心摇摇。晨復夕，昏連朝。數浹辰、三光潛弢。痛秋盡江南，楓林漸凋魂怎招？

辛　酉

行香子　辛酉春夕

最好春宵，偏惱春宵。冷清清、誰伴文簫？縈偎影瘦，爐撥香焦。奈夢難成，詩難覓，月難招。

吨也無聊，醒也無聊，暗披衣、側耳窗寮。幾番棖觸，强半魂銷。聽雪沙沙，風瑟瑟，雨瀟瀟。

壬戌

水調歌頭　段廣文啓雲以詩見示，即題其後

夫子知我者，幾度寄詩筒。衰年多少精血，都在此編中。宛似傷心開府，又似悼亡元相，老泪哭西風。讀罷增於邑，儂亦可憐蟲。

再休詡，髯如戟，氣如虹。中年哀樂何限，噩夢一般空。集中多哭妻哭子詩，時余新喪童烏，旋悲炊臼，與有同慨。争似靈光常耿，定卜刀鐶重慶，段師三子皆遭匪擄。萊舞彩衣紅。人世作達耳，且學信天翁。

側犯用白石詞韵　憶留京姜梅生同年

驅車北去，記曾有個人同住。庚申北上，舟車皆共。春雨，且翦燭聯床、共聯句。落第賦當歸，兩下銷魂處。無語，悵分手蘆溝、幾回顧。我甘蠖屈，君自聞鷄舞。千里外，各相思，誰復問尊俎。舊夢京華，而今休數。欲覓同年，只翻蘭譜。

側犯　憶亡友吴星垣孝廉二首

勾留不去，文昌閣下曾同住。在京都金魚池邊金華會館内。雨雨，更雪雪風風、賦長句。策馬走斜街，猶憶追歡處。私語，道有個人兒、屢回顧。謂蘭芬校書也。驪駒一曲，頓絶新歌舞。余與星垣出都，蘭卿餞行。更北馬，與南船，寒暑共尊俎。爾日風流，了然堪數。不信鍾期，已修文譜。

渼沙別去在邑東，趙君猶是留髡住。辛酉正月十一，余至星垣家，留連數日，十五與星垣同赴趙芷庭孝廉家看燈，十七星垣別去，芷庭留余再住四五日而別。舊雨，怎忍唱青青、渭城句。天雁與河魚，都是相思處。難語，竟罵賊身亡、不回顧。鬥鷄岩上，嘯月靈魂舞。星垣以辛酉十一月授命鬥鷄岩。孤負我、死生交，未與奠尊俎。伯道無兒，問天難數。星垣無嗣，留女二人。我欲招魂，楚歌誰譜。

側犯　蓬廬書悶

芸軒客去書齋自署絳芸軒，三年苦向蓬廬住。風雨，記林密山深、古人句。白石與寒泉，都是添愁處。誰語，憶故里風光、那能顧。十年一劍，枉自摩空舞。餐脫粟，飽酸虀，何必羨尊俎。夢到鄉園，紀程無數。何日歸家，細參農譜。

側犯　哭亡室陳孺人

文簫下去，彩鸞脚繫紅絲住。紅雨，誓不賦天台、别離句。怎料比肩人，早返游仙處。魂語，恨難覓傳神、虎頭顧。夢中屢見卿像，惜未曾留遺照。攜雛釃酒，風送錢灰舞。卿憶否，十七年，甘苦合尊俎。今世新恩，空花休數。倘結來生，再盟鴛譜。

癸亥

滿江紅　同治二年癸亥正月十七日作

左宫保宗棠命先鋒蔣益澧克復婺州，粤賊百餘萬自烏傷竄走諸暨，連燒民房，火光燭天，狂奔七晝夜不絕。婺城乃浙江門户，此州復，全浙指日肅清矣，喜而賦此。

陷陣衝鋒，嘆百戰、貔貅老矣。屈指計、全州賊踞，三年於此。咸豐十一年五月廿五破金華，三十日到義烏，六月初一日退踞府城，八月廿五日自浦江竄入義烏，同治二年正月十七日始遁，廿五日蔣益澧先鋒逐賊過義，黄明府錕署理縣事，余於二月初二日始返家門。八婺山川餘劫火，萬家子女啼新鬼。恨哥舒、此罪實滔天，不容死。知府黄同開門先遁，并未背城而戰，賊得以千餘人破郡。

誰專閫，能雪耻。翦賊首，踹賊壘。剩腥膻餘賊，狂奔千里。待整中興新事業，已恢故國殘基址。扼金城、直下復江南，須臾耳。

側犯　賊退歸家有感，同治二年二月二日作

不如歸去，三間破屋還堪住。零雨，且與咏東山、可懷句。曲澗繞平疇，未改前游處。歡語，再莫向蓬廬、枉三顧。

萱堂色喜，竹馬兒童舞。痛只痛，别先嚴，寒食遠尊俎。先君權厝油麻墩。舐犢離鸞，亡室權厝，亡兒藁葬，俱在山中。私情休數。罔極深恩，蓼莪誰譜？

側犯　自辛酉八月賊入義烏後，余家高祖而下或被殺或被擄或病亡，連傷四十餘人。今日旋里，窺户無人。寂寥不寐，凄然有作

騎鯨人去，零丁讓我遺民住。淚雨，痛影隻形單、退之句。一望冢纍纍，滿目傷心處。招語，問餓病孤兒、仗誰顧？

狐鼪入穴，頭戴骷髏舞。寒食酒，紙錢風，疇復辨尊俎。欲訟閻羅，沉冤難數。

枉死城中，鬼應聯譜。

丙　寅

采桑子　丙寅天貺節作於郡城寓樓

陳迦陵東冬韵詞十首，自謂聲情拉雜，百感風生。家從祖觀察西浦公名儼，字敬思曾於灘江舟次和之，適如其數。余中年多故，喪亂頻仍，近復以无妄之灾，幾陷不測，羈縻斗室，炎虐薰蒸，苦吟病榻中，和之得十二章。半世升沉，略具於此。譬諸蟲鳴啾唧，鳥語綿蠻，不自知其所以云也。

文園近日知音少，幾個摶風，幾個飄蓬，分隔雲泥無路通。

飄零春夢生來惡，睡也迷濛，醒也怔忡，似築愁城幾萬重。

回思三十年前事，蟫藻軒中，課讀三冬，庭訓先嚴養正功。

書聲滚滚如翻水，奇字能通，屬對偏工，前輩揄揚誇聖童。

少年意氣凌霄漢，冀北群空，竟冠群雄，早入琴堂青眼中。十六歲縣試，崔邑尊録取一名。

師門何幸多培植，桃李華穠，芹藻香融，浪暖春風欲化龍。十七歲受知督學　趙蓉舫師。

畫眉筆作生花筆，孔雀屏紅，名噪花封，齊賀新郎文戰工。完姻一日即赴縣試。

乾坤六子居然備，秀草葱蘢，美玉珍瓏，佳女佳兒繞膝從。三女芹、芝、菊，三兒瑛、璋、玖。

無端禍起蕭墻内，怨海重重，苦霧濛濛，文弱書生萬惡叢。

受恩深處恩難報，幸脱樊籠，勝坐春風，前邑尊程西山，江西人，力爲昭雪，是恩師也。重活光天化日中。

有才無命何須怨，選佛場中，賺煞英雄，宋五偏遭帛勒紅。辛亥段師房薦，己酉、乙卯房備皆不售。

書生何幸逢知己，恩感牟融，鶚薦名通，牟師名温典，山東栖霞人，海寧州知州。戴石靈鰲首冠蓬。二十八歲中戊午〔一〕解末，受知竇佩珩師。

也曾策蹇長安道，紫陌春風，流水游龍，文讌笙歌處處同。三十歲入都，與唐根石、施北林、余子春、王小山、張小蘿、吴星垣、翁壽生諸前輩暨姜梅生、家玉圃、朱味蓮、周雲裳、朱梅臣、朱純甫、胡月樵諸同年，傅象卿、趙芷庭、胡芾橋諸孝廉輩，晨夕過從，詩酒留聯。今則舊雨寥寥，或雲泥隔絶，或人鬼殊途，可勝悼哉。

孫山榜落興歸思，齊魯車通，吴越途窮，一葉飄零大海東。庚申三四月間，粤匪已竄江浙，水路梗塞，余自泰州航海至淞江，又自乍浦航海至紹興，凡十易舟而到諸暨縣界。

〔一〕「戊」原訛「戌」，據《粲花館詞鈔勘誤表》改。

還鄉正擬承歡笑〔一〕，突起兵虹，滿野飛鴻，家舍田園一旦空。宗祠舊廬都毁於賊。

痛哉老父騎鯨去，壬戌六月十五日，村匪四十七人突入白岩，劫先君，將獻賊卡，春挺身代行，誓將罵賊而死。幸賊内變，十六早晨收卡遁去，春得無恙，而先君驚悸成疾，遂以不起，痛哉！骨肉多凶，妻子緣終，大父、大母、先大人、亡室陳氏、二弟夫婦、大兒、兩女兩侄、一侄女、一侄媳合家半登鬼籙。何日同營馬鬣封。

生離死别都經慣，乞食途窮，枉哭秋風，一飯恩難漂母逢。癸甲之間，疫荒大作，餓殍相枕藉。

丈夫傲骨終難屈，學個朦朧，休蹙眉峰，會有風雷燒尾紅。

誰知造化無情甚，纔脱狼烽，又遇蟊訌，我生之後逢百凶。

紛紛世態多翻覆，鼠也穿墉，雉也離罿，欲訴君門隔九重。

〔一〕「歡」原訛「歎」，據《粲花館詞鈔勘誤表》改。

愁人自覓消愁計，且作詩翁，且作書傭，時鈔牙牌神數六本，分贈同好，暇則續吟揚州懷古詩。休爲羈愁唱懊儂。

小樓静度如年日，相對芙蓉，萬慮皆空，坐臥一小樓，遠山芙蓉相對晨夕，頗得悠然之趣。自署逍遥亡是公。

殘灰可有燃機否，私祝蒼穹，否極應通，磨蝎休教駐命宫。

英雄心膽依然在，何日從龍，羽振儀鴻，直上雲程快順風。

辛未

調笑令　辛未正月初五夜吳門紀夢

今夕，何夕？已是辭家一月。單衾有恨誰知，暗祝今宵夢歸。歸夢，歸夢，消受一聲珍重。

蘇幕遮　初九日贈王卿曉雲，即以留別　吳門湖田

月兒高，燈影媚。悄背蘭釭，雙鬢頽雲墜。私語喃喃呼小字。促卸殘妝，聽落釵聲膩。

漆投膠，鹽著水。儂我歡卿，不盡綢繆意。贈與定情雙合子。握手匆匆，已月波窗漬。

蘇幕遮　吴門書所見疊韵

困添愁，慵益媚。水閣風迴〔一〕，花影侵簾墜。愛聽鸚哥呼小字。笑拓窗櫺，露指痕紅膩。

檻凝烟，屏摺水。一寸柔腸，百丈纏綿意。喜報銀釭紅結子。私語憑肩，見唾茸新漬。

酷相思　廿二夜次高郵六漫聞夢雲

渺渺孤篷江北住，魂冉冉、江南渡。重過了、垂虹亭畔路。蕭郎也、惺惺語。蕭娘也、深深覷。

〔一〕「迴」原訛「迴」，據《粲花館詞鈔勘誤表》改。

昵枕香雲黏縷縷，剛到了、銷魂處。恨荒店、鷄聲催夢去。驚醒也、聲聲雨。聽盡也、更更鼓。

齊天樂　二月初五日題羊流店

一燈纔穩思鄉夢，披衣曉鷄催唱。鈴語聲聲，馬蹄得得，惹得亂山都響。懸崖如掌。見古雪崚嶒，寒雲瀼漭。曉色蒼凉，一輪紅日海東上。生平婚宦未了，臥游圖四壁，鬱成奇想。明月齊州，馬頭靈岳，一角遥青相向。塵容俗狀。悔琴劍輕裝，未携笻杖。刮面西風，軟紅塵十丈。

滿江紅　自羊流店行二十里，遇大風雨，至崔家莊雨霽，晚宿泰安城外觀月　初六夜

輪墜蹄懸，纔碾得、沙飛石裂。更驚心、天容慘澹，風烟變色。枵腹亂餐青犢

脯，熱腸渴飲黄獐血。猛東風、刮得雨滂沱，征衫濕。雲乍散，雨旋歇。風忽止，塵如拭。喜春郊緑洗，遥峰翠滴。千里懷人南浦夢，一杯招飲東山月。待鷄鳴、拾級上天門，看紅日。

蘇幕遮　二月初六車次泰安，别雲娘將近一月，孤燈旅館，未能忘情，聊作小詞志之，仍叠前韵

遠山輕，秋波媚。背轉流光，欹枕金釵墜。夢裏貪呼卿小字。雙蝶雙栖，惹得香雲膩。雲卿小字雙喜。

儂是萍，卿是水。萍水相逢，不盡相憐意。贈我一雙紅豆子。翠袖青衫，一樣啼痕漬。

一翦梅　初七日自泰安至墊臺，石路甚惡

驅車日日上危坡。岩石嵯峨，磡石嵯峨。一顛一倒一騰挪，髀肉消磨，髀骨消磨。

輪摧輹脱奈公何。時陳夢溪及朱蓉生、苗生皆翻車，而夢溪尤甚。如許奔波，何苦奔

波？浮名浮利困人多，未醒南柯，且夢南柯。

蘇幕遮　初七夜車住張夏，遇金奎女史，仍叠前韵二首

玉蟾娃，銀釭媚。生小輕盈，纖比猫兒墜。年十五，苗條纖瘦。彈罷三弦無一字。乍相逢，如萍水。試罷松花，漸漸含春意。頗有茶癖，連飲十餘甌。那更勞卿分棗子。余贈南棗子脯一盒，女史遍給同行諸人。留取仁兒，有唾華勾漬。如許矜持，怎得温香膩。

可人兒，天然媚。佯笑兜鞋，點地金蓮墜。愛煞遠山分八字。淺淺輕輕，不着些兒膩。恨流光，隨逝水。儂意憐卿，卿怎知儂意。惱煞更更更漏子。無計留卿，空把征衫漬。

蘇幕遮　憶正月初八與雲娘抱衾閑坐，話別終宵，今忽匝月，淒然有作，仍疊前韻

夢中歡，千般媚。叫得卿卿，噴噓天花墜。顛倒鴛鴦書兩字。醒後餘香，猶帶唇〔一〕脂膩。

泪盈盈，如鉛水。前月今宵，已作淒凉意。何日飛來雙蟢子。春意酥胸，把汗香重漬。

蘇幕遮　哭蘭芬校書

咸豐庚申入都，曾與蘭卿有嚙臂之盟，南旋後，聞於辛酉二月歸離恨天。昨晚車住晏城，忽睹蘭芬桂馥聯語，觸目傷神，重倚此解。

國香幽，天葩媚。十九年華，怎便銀瓶墜。驀地驚看卿小字。棖觸蘭因，想返魂

〔一〕「唇」原訛「雲」，據《粲花館詞鈔勘誤表》改。

香膩。

絮沉泥，花墮水。前度劉郎，何限凄惶意。卿也知儂非蕩子。料得芳魂，有泪珠紅漬。

更漏子　晏城題壁，初九日

剔銀釭，弄明月，枕畔紅冰慣結。碧海近，赤蘭遥，歸期金翠翹。

一雙燕，千里雁，勻泪穿針庭院。眉樣窄，帶圍寬，越羅知夢單。

更漏子　劉智廟題壁，初十日

搵朱櫻，含香蔻，記否定情時候。笑隱約，話惺忪，羅幬燈醉紅。

惜歡少，悔別早，翻把蘭宵誤了。春漸老，月空圓，相思人乍眠。

高陽臺　憶家

夢縠冋風，愁絲織雨，同心人在天涯。萬點蒼烟，一輪紅日西斜。春光不似家園好，莽前途、撲面驚沙。怕凝眸，一帶疏林，幾陣歸鴉。

孱魂定識來時路，願今宵明月，吹送還家。小院春多，東風瘦損梅花。留心不道相思苦，但難忘、龜手生涯。更明朝，曉色横天，滿袖霜華。

喝火令　十二日住河間二十里鋪，對月有懷

綦縞非爭艷，苕荼見自羞。天生情性總温柔。只是多嬌多病，惹得阮郎愁。

密密縫衣履，殷殷理脯脩。感卿心細爲綢繆。記得臨行，記得未梳頭。記得一聲珍重，未語泪先流。

親老需卿奉，兒憨戀母慈。妝臺眠食自扶持。休把金釵暗擲，瘦損小腰支。
即我憐卿日，知卿念我時。除將明月有誰知？知否今宵，知否兩相思？知否相思千里，可有夢魂歸？

更漏子　十三夜紀夢

陟巫山，渡湘水，一片彩雲扶起。金屈戌，碧闌干，鸞笙吹夢寒。
寒生粟，香抱玉，春恨眉尖低蹙。鵑泪澀，蝶魂驚，荒鷄催四更。

更漏子　十三夜

月沉西，驚日涌，破了半床幽夢。心忐忑，眼矇矓，殘燈紅豆紅。
遠鷄鳴，鄰柝警，不許勞人酣寢。晨露重，曉星稀，風尖射客衣。

聲聲慢　過景州，追記郵程，效蔣竹山秋聲詞體

雲黄天澹，雪虐風饕，遲遲辭别稠州。庚午十二月初五日起程，連日大雪。聽雨嚴陵，一帆風送杭州。十一過七里瀧，連日大順風，十三巳刻到武林。塘栖暫停征棹，廿三住塘栖，夜雨，次早霽。趁晴天、繞過湖州。故鄉遠、悵雙橋夢杳，守歲蘇州。廿七大雪，到閶門，在春陽度歲。

燈節常州過也，更瓜州星火，辛未正月十八夜到瓜州，見水怪。簫鼓揚州。十九住揚州徐凝門外。卸了雲帆，驅車重問徐州。廿五到清江浦卸舟，廿八王家營開車，廿九住順河集，是徐州宿遷縣界。今宵酒醒何〔一〕處，聽琵琶、回首沂州。初三過沂水縣。春將半，夢婆娑、凉月景州。花朝前三日。

〔一〕「何」原訛「河」。

憶舊游　十九日重過德鳳堂，哭蘭卿

記牽衣弄影，十二年前，曾話離愁。一霎曇華散，痛留仙不住，峽雨難收。斷腸那人何處，燕子鎖空樓。甚如此因緣，他生未卜，今已休休。綢繆。憶前度，渺一縷香魂，時傍簾鈎。怕見門題鳳，更紅心滿地，哭到西洲。夜臺倘許郎覓，還可返魂不。奈夢斷香銷，茫茫碧落空悵惆。

念奴嬌　二月二十二日邀朱笠湖游平康，因湘雲女史得遇柳瀛仙，華容婀娜，令我忘餐，爰譜長調，聊以紀實瀛仙寓小李紗帽胡同瑞慶堂〔一〕

卿吾問汝，怎相逢一笑、相思入骨？豈是三生曾有約，恁地情深意貼。記得前

〔一〕「仙」，目録作「弟」。

宵，鑾箋飛送，彈指來油壁。京中謂之傳條子。蓬山風引，此緣休負朱十。

漫道湘水無情，巫雲無夢，瀛弟與湘卿爲姊妹，湘則朱之素心人也。翻幸仙緣接。分與銀蕉春半盞，潛把春纖偷捏。席散籠燈，披衣臨去，含笑低低説。來宵佳約，三更同拜明月。紀廿二夜始見。

蕭郎到也，早雙携纖腕，嬌憨無力。玉鏡臺前重認取，宛爾比肩人立。眉葉春勻，靨花醒暖，秀映蜂黄額。嫣然一笑，含羞微暈紅頰。

待得鴛被輕翻，翠帷低下，難禁心憐惜。有限春宵容易去，况已寅初丑末。酥透胸蘭，香舒臂藕，綰了同心結。銷魂此際，不知今夕何夕。紀二十三夜。

羅幬同夢，倏亂鴉啼曙，三竿日赤。欹枕瞢騰渾未醒，錫眼教郎輕拭。逋髮撩雲，芳根琢玉，扶起盈盈月。驀然迴〔一〕避，鴛鴦藕覆低結。卿係旗妝。

〔一〕「迴」，原訛「迴」。

便與奪得鸞篦，梳成頽髻，斜插丁香白。愛煞華池春一點，許我竊香人竊。旋起翻眠，瀕行回坐，怎肯須臾撇。權拚分手，來朝將近初七。紀上巳。

溫柔鄉好，認枇杷舊路，雨絲纔歇。握手歡呼無價寶，直恁惺惺惜惜。驚問痴郎，經旬不見，瘦出飛龍骨。咽儂香蔻，囑郎珍重將息。

如許密意膠黏，柔腸輪轉，欲撇怎生撇？願得合歡叢裏住，留取青鸞飛入。軟玉長偎，珍珠早贖，拚把千金擲。何時如願，私心低訴圓月。紀十八日。

水調歌頭　贈瀛卿團扇，即題其上

紈扇比明月，入手即團圓。素娥今夕姣煞，飛下鏡中天。儂是一枝紅杏，卿是一絲垂柳，春意共纏綿。好趁晚妝罷，眉語小風前。

碧釵溜，銀釧卸，玉璫偏。亂頭粗服，來也秀靨媚天然。但得雙行并坐，願與添香拂鏡，長作掃花仙。休放彩雲遠，留照影嬋娟。

南鄉子　題瀛卿扇杏柳雙燕圖

柳眼矇朧，曉烟低罩杏花紅。燕子歸來春未老，雙好。願與人兒同一稿。

一葉落

三月廿九未刻，值卿省母，久坐以待。比卿回房，余已痧脹昏暈。卿急爲解衣拭汗，摩胸擦背，用香油鹽綫親刮肩臂腹背等處，斑點如墨，霍然蘇醒。似此疾痛關心，恩同伉儷，薄福蕭郎，何修得此，爰作小令，以志不忘

汗雨滴，腸車裂。此時惟有卿憐惜。刮儂臂上痕，剜卿心頭血。心頭血，不共痕兒滅。

浣溪紗　四月十八乘月到貴元堂與湘雲四卿茶話

一丈紅薔擁翠�，用李義山詩，湘卿頎而長，故戲之。半簾明月破黄昏。悄無聲影却温存。

湘瑟鵾弦調帝子，雲裳鴛錦織天孫。二語代笠湖書聯以贈。不曾真個也銷魂。

長相思　廿三夜瀛卿置酒餞行，詞以留别四首

好因緣，巧因緣，記得春風二月天。劉郎正遇仙。

人娟娟，月娟娟，過了初三月漸圓。銀屏人比肩。

晚風前，曉風前，芍藥屏開蓉帳搴。香燒心字烟。每夕四更燒香。

愛無邊，思無邊，驀地驚心紅杜鵑。匆匆兩月緣。會以二月廿三，别以四月廿三。

恨綿綿，病綿綿，半搦弓腰瘦可憐。春蠶絲自纏。卿以三月廿六抱疴，四月十五略痊，爲伴病二十餘日，不久即別矣。欲留連，怎留連，儘夜相思儘日眠。難將珠泪穿。

罷歌筵，悵離筵，泪眼相看無一言。心心心自憐。路三千，約三年，歲歲中秋月共圓。卿須寄錦箋。

浣溪紗　廿四三更時與瀛弟別，黯然倚此，詞本不工，聊以寄離恨耳

不是釵邊即鏡邊，風狂長是倚娘憐。只今憔悴別娘前。臨去秋波留一轉，重來春信待三年。二語書聯留別。不堪離恨咽湘弦。薛昭藴句，是夜并別湘雲。

柳梢青　記瀛卿別語

痛煞郎歸。郎今去也，重見何時？無計攀留，願郎珍重，好自扶持。

儂心絮已沾泥。厮守著、三年後期。此去江南，閑花細草，休再栖遲。

柳梢青　瀛卿以綉帶羅囊四種贈別

纖手重携。低頭無語，簌簌連絲。帶束郎腰，囊懸郎肘，似妾長隨。

蕭郎早已魂離。争忍看、疏花折枝。匀淚鈎紅，含顰鎖翠，那不相思。

滿江紅　廿六日天津道上作

困坐車箱，溯平生、書空咄咄。嘆學稼學書學賈，心勞日拙。十錯已拚州鐵鑄，

一閑難向僧伽乞。笑今番、馮婦又重來，真何必。

尋舊雨，人琴絶。攀新貴，雲泥隔。剩一雙冷眼，幾根傲骨。四十年來蕉鹿夢，三千里外泥鴻迹。問蒼天、何處著狂奴，天難説。

釵頭鳳　五月初六舟次黄浦，夜與朱苗生游小東門大街聚仙堂，初遇小卿

籠燈去，星橋路，小梯送上淩波步。嬌鬟髀，纖腰娜。憑肩低問，郎纔來麽？坐，坐，坐。

横波注，春纖露，囑郎莫被東風誤。卿憐我，休抛躲。佳期中九，可曾真個？可，可，可。

醉春風　初九夜

雙檖燈花燼，一簟冰紋冷。知心侍女下羅幬，請，請，請。紈扇香微，玉釵聲

滑，休抛半枕。

裙褪羅羅映，腰貼弓弓隱。痴郎頗解護温馨，醒，醒，醒。蟬翼籠肩，臨睡卸釵鈿，重作抛家髻。糜丸襯耳，左耳下垂珠，微綴些兒痣。邀郎重認。

惜分釵　初十夜別小卿

翩來矣，旋回避，伶仃瑣步星星細。雙鉤不盈膚寸。恁嬌痴，恁矜持。不信前宵，同夢鴛幃。迷離。

紅兒媚，雲兒麗，輪卿一笑千金值。乍相知，便相思。飛入懷中，綿視含姿，迷奚。

離偏易，留無計，傷心只當相逢未。送郎歸，下唐梯。携手殷勤，親爲披衣，遲遲。

羊燈媚，烏簾細，回思都是銷魂地。再相期，是何時。明月無情，仍挂樓西，淒淒。

四字令　口占別小卿兼別翠娥

青樓夢耶，朱樓醉耶，小樓明月琵琶，記相思那家。酒痕絳紗，啼痕碧紗，蕭郎明日天涯，恨蘭宵短些。

念奴嬌　正月初九與雲娘話別，訂以重午或重九再訪，今命棹南旋，由滬入浙，不復經吴門矣，感賦此解

綺窗私語，願雙飛蝴蝶，鎮長相守。悔煞吴舲催夢去，腸斷新春初九。一縷春魂，一襟春泪，春恨卿知否？湖田鄉徑，夢兒千遍能走。可奈踏盡槐花，攀殘柳葉，剩青衫依舊。盼斷巫山雲一片，期與同斟蒲酒。鏡影空留，萍踪難駐，佳約偏孤負。舊歡新恨，泪珠抛落紅豆。

滿江紅　五月十三夜舟次石門感賦

兩度長安，笑依舊、青衫歸去。算只有、濡頭跂脚，作參軍舞。飛渡江淮河濟海，浪游燕趙齊吴魯。更今宵、吹篴女兒亭，黄梅雨。

玉璫札，緘難附。金彄約，人何處？剩羅巾殘墨，寫相思句。牙板新歌殘月柳，珠簾舊夢春風杜。問狂奴、可否減風魔？應如故。

金縷曲　十七夜武林寓樓别朱苗生〔一〕

竟别君行矣。半年來、朝朝暮暮，駏蛩相倚。酒醒燈殘風復雨，知我惟君而已。争忍説、霎時分袂。羅刹江頭雙槳去，打寒潮、迸作離人泪。今别後，可儂憶。

〔一〕目録「别」前有「留」字。

回思徵逐長安市。更黄浦、單衫小扇，紅樓沉醉。今夕連床無好夢，消受冷清清地。料得那、雙娥顰翠。聚仙堂翠娥，苗生所眷。況我相思增十倍，恨孱魂、不到三千里。瀛海約，可能記？

醉落魄　余於五月二十日旋里，廿四五等日檢行篋，得瀛卿所贈囊帶數事，睹物懷人，烏能已已五首

憶憶憶憶。蠻箋曾注鴛鴦牒，巾釵交影歡無極。斜倚紅鸞，香潤唾絨濕。

六街人静天如墨，迷藏潛到菱花側。鴛衾早爲留虚席。欲解郎酲，分與半甌雪。

題眠香。

憶憶憶憶。齊紈曾咏娟娟月，團圞深意惺惺惜。杏燕雙飛，縈得柳絲碧。

紅箋笑把春詞覓，脂香嬌沁春風筆。銀鈎描上簪花格。鴻爪留痕，珍重數行墨。

題團扇。

憶憶憶憶。多嬌扶病拋佳節，四月初九擬赴西山禮佛，以病不果。懨懨瘦損憨無力。著意温存，春恨鎖眉葉。

桃花零雨鵑啼血，湘裙慘染猩紅滴。青燈掩映人愁絶。量藥添衣，形影共憐惜。調藥。

憶憶憶憶。瀕行攜手難拋撇，羅囊綰上春衫纈。鸞帶量腰，親綉對飛蝶。

一層層是芳心叠，一針針是傷心刺，一絲絲是同心結。刻骨相思，天遠夢難覓。贈囊。

憶憶憶憶。羅衫曾拭紅冰結，停樽未勸聲先咽。點點行行，雙箸對凝碧。

而今枉自襟痕濕，愁波冷浸殘更月。當初悔煞匆匆忒。彈指三旬，青鳥斷消息。餞别。

望湘人　下第歸家，追述旅況，自四月廿五日出都，五月二十日到家，恰當二十五日

又粱燕夢醒，槐踏春殘，一輪馱恨歸去。客子光陰，中年哀樂，贏得斷腸詩句。杜牧重來，雲英未嫁，年華如許。算黑頭、彈指星星，此恨茫茫誰語。消受慳風澀雨。悵湘簾人遠，楚蘭魂苦。第一最傷心，撇不掉瀛洲路。郵籤數盡，五更更漏，記作相思程譜。遮莫笑、屑碎風狂，誰解個中凄楚。

虞美人　五月廿七日寄柳瀛仙　托朱苗生附寄家信中

蘭宵曾挹嬋娟影，往事重思省。蕭郎無奈可憐宵，那更相思難解、夢難招。輕綃拭泪痕猶在，曾否朱顏改。寄卿珍重一封書，爲問妝臺眠食、近何如。

菩薩蠻　重憶瀛卿十二首集句

杏花含露團香雪温飛卿，柳絲裊娜春無力飛卿。擬作杏花媒義山，餘香度酒杯陶雍。

醉圓雙媚靨微之，月色當窗入張籍。誰爲覓湘娥梁鍠，仙郎此夕過嚴維。

兒家夫婿多輕薄崔灝，海棲翡翠閑相逐微之。獨有鏡中人崔國輔，長留一道春白香山。

易求無價寶魚玄機，畫作同心鳥蔣冽。笑脱綉衣裳鮑溶，胭脂落靚妝唐彦謙。

晚妝初了明肌雪李後主，輕綃裙露紅羅襪歐陽詹。窗外月光臨顧夐，教郎見赤心張祜。

遠屏燈半滅韓偓，解帶翻成結韋應物。不是故遲遲司空圖，纏綿會有時太白。

晚衣弄舞餘香碧趙得〔一〕莊，汗巾紅漬檳榔液少游。金鳳小簾開牛嶠，香銷十炷灰許渾。

夜來雙月滿崔曙，帳喜香烟暖錢起。微睇轉黄〔二〕波楊師道，其如作病何韓偓？

無端夢覺低聲唤王次回，珊瑚枕膩鴉鬟亂鹿虔扆。私語口脂香顧敻，教人解袷襠白香山。

嬌多情脉脉莊宗，往事那堪憶飛卿。珠灑雨珊珊香山，夜長衾枕寒馮延巳。

酥胸斜抱天邊月東坡，看看瘦盡胸前雪尹鶚。半睡待郎看韓偓，清輝玉臂寒杜少陵。

睡起横波慢顧敻，獨自盤金綫于濆。穿過一條絲無名氏，鬟低翡翠垂香山。

〔一〕「得」《陽春白雪》卷四作「德」。
〔二〕「黄」《全唐詩》卷三四作「横」。

烏絲好贈蠅頭字王次回，中間一句無人會張九機〔一〕。魂蕩欲相隨牛嶠，春風知不知薛濤。

細音摇翠佩張祜，留念同心帶楊衡。忘却紫羅囊次回，還鄉須斷腸韋莊。

泪花落枕紅綿冷美成，可憐半夜嬋娟影齊己。枕上正纏綿齊己，教君恣意憐李後主。

定知留不住温飛卿，明月還應去尹鶚。别臉小低頭杜牧之，將行又駐留李中。

多情恰被無情惱蘇東坡，當初莫似休來好張于湖。猶得暫時看微之，相逢幾許難劉長川。

何時應會面方干，月隱仙娥艷張祜。微月有佳期李頎，三年問訊遲李義山。

明朝門外長安道失名，濃愁不散連芳草失名。聚散苦匆匆六一，茫茫萬里風陳去非。

儂家真個去王維，無計相分付毛滂。尺素重於金顧況，雙魚信弗沉徐鉉。

〔一〕「間」「張九」《全宋詞》作「心」「九張」。

馬蹄去便三千里白香山，眉尖春恨難憑寄失名。仙夢已雲迷蔣捷，相逢知幾時六一？

要傳書札去周賀，錦字行行苦趙嘏。乞巧望星河施肩吾，香焚篆一窠唐球。

錦書封泪紅猶濕元好問，不眠特地重相憶六一。翻枕夢人遲張祜，覺來雙泪垂李後主。

月分娥黛破李賀，也合思量我孫光憲。兩處一般心耆卿，相思深不深王摩詰？

浣溪紗　夢雲三首集句

一徑幽尋避月華王次回，朱門深閉七香車賀方回。小樓高閣謝娘家韋莊。

十八風鬟雲半動陳簡齋，扶膺時趁步欹斜王次回。一眉新月浸梨花向伯恭。

準擬江邊住畫橈劉後村，飛花和雨著輕綃陳與義。鳳凰樓上伴吹簫戎昱。

行到江南知是夢周晉仙，青山隱隱水迢迢杜牧之。風情遺恨幾時銷張子野。

猶有當時粉黛痕張子野，看朱成碧思紛紛武后。温馨飄出麝臍熏皮日休。

夢裏行雲還倏忽徐鉉，世間烏鵲漫辛勤唐彦謙。枉抛心力畫朝雲微之。

浣溪紗　夢瀛四首集句

白日蕭條夢不成李賀，夜來真個夢傾城毛幵。晚簾疏處見分明光憲。

便做無情終軟美譚明之，含羞舉步越羅輕閻選。謾回嬌眼笑盈盈張泌。

昨夜銷魂更不疑唐彦謙，兩心和影共依依崔珏。已凉天氣未寒時韓偓。

但問此身銷得否香山，不堪離恨入雙眉韋莊。惱人風味阿誰知吕東萊。

惟有衣香染未消義山，佳人不見董嬌嬈蘇東坡。日長纔過又今宵張子野。

欲寄相思千里月杜牧之，長亭回首短亭遥六一。柳絲牽恨一條條李珣〔一〕。

百斛明珠异日酬崔珏，可堪分袂又經秋張泌。無言斜倚小書樓顧夐。

神女生涯原是夢李義山，阮郎惟有夢中留魚玄機。碧天無際水空流《紅綫傳》冷朝陽。

浣溪紗　憶小卿五首集句

蒨蒨紅裙好女兒李郢，小桃如臉柳如眉趙君舉。半開香閣見嬌姿羅虬。

掌上細看纔半搦楊補之，更無嫵媚做腰支東山。萬般饒得爲憐伊孫光憲。

怪得輕風送异香崔澹，越羅衣褪鬱金黄李珣。避風纔出浴盆湯王建。

問著佯羞回却面杜安世，倩人傳語更商量張于湖。水紋簟冷畫屏凉顧夐。

〔一〕「珣」原訛「詢」，據《全唐詩》卷八九六改。

更倚朱闌待月明許渾，度幃穿幕又殘更殷堯藩。小樓纔受一床横杜牧之。
若解多情憐小小香山，此生終不負卿卿油蔚。傍簾呼喚勿高聲花蕊夫人。
脚上鞋兒四寸羅少游，玉郎沉醉也摩挲夏侯審。個儂無奈動人多東山。
曾向春窗分綽約鮑溶，自應妝鏡笑蹉跎杜牧之。不知情事久長麽孫光憲。
窣地微行曳碧波光憲，夜來留得好哥哥光憲。薄施鉛粉畫青娥薛能。
終是疏狂留不住光憲，依依脉脉兩如何吴融。彩鸞琴裏怨聲多劉元淑。

浣溪紗　無題四首集句

細念因緣盡是魔香山，桃蹊柳陌好經過張籍。惜紅愁粉奈情何六一。
夜短更難留遠夢張子野，江南江北望烟波劉禹錫。一生惆悵爲伊多吴融。

舊事思量在眼前香山，滿筵紅蠟照香鈿韋莊。靜尋春譜認嬋娟陳陶。

唱盡新詞看不見夢得，星河耿耿漏綿綿香山。斷腸書字袖年年王次回。

惜別愁窺玉女窗太白，月明空吠隔花尨朱純。絳河星動女牛雙失名。

蘭臉別春啼脉脉昌谷，殘燈無焰影幢幢微之。紫簫吹徹不成腔張翥。

只作尋常薄幸休舒信道，烏栖庭樹夜悠悠李中。誰家紅袖倚高樓杜牧之。

身又不來書不寄歐陽炯，歌塵蕭散夢雲收方回。碧天如水月如流向伯恭。

鳳凰臺上憶吹簫　七月十二日柳卿生日

蚪箭星沉，蛄蘭風細，迢迢銀漢西流。正嫩凉庭院，占幾分秋。多少愁根夢影，平白地、都上心頭。心頭事，頻書鳳紙，誰遞鴻郵？

知不？今宵十二，是我玉天仙，初下瀛洲。悔阿儂輕別，自惹離愁。乍得親携斗麪，持杯勸、重與綢繆。明明月，緘儂寸心，吹送妝樓。

拜星月慢　八月二十日接蓉生京信，知夢溪靈櫬已於七月十二日出都，由運河達武林，約計九月可到

染柳春歸，粲英人去，夢溪戀菊芳女史，因自號粲英子。同是賤貧兄弟。噩夢纔醒，痛巫陽行矣。怎忘却、昔歲飛觴翦燭，索把征衫料理。驀地驚心，已判生和死。剩一棺、冷寄長安邸。寄靈天龍寺。幸雙旌、漸近江南地。時有武公車朱君效熊七月初八暴卒，亦於十六日出都。猶得歸骨青山，仗朱家風義。只淒凉、伯道偏無子。更伶仃、叔重渾難繼。空博得、攊篴山陽，灑故人清泪。

洞仙歌　九日盼瀛書不至

一場歡夢，恨鶗聲催早。贏得天涯夢魂繞。記微憨轉媚，小別生嗔，争忍把、萬

種風情輕掉。

錦箋何日發，密訂中秋，彈指重陽又過了。添個斷鴻聲，帶了閑愁，争帶得、那人心到？便帶的、私書悄然來，怕緘泪行行、頓添煩惱。

洞仙歌　重九後二日寄懷朱苗生

武林分手，悵離群蕉萃。寂寂秋光又殘矣。想齊痁方起，陶醉新酣，珍重爾、幾日秋風多厲。

秋魂何處覓，冉冉行雲，直到蓬瀛數千里。醒後怯思量，軟語零星，纔一轉、惺忪難記〔一〕。問新仲、而今却如何？渾不念、西樓有人顰翠。

〔一〕「記」原訛「説」，據《粲花館詞鈔勘誤表》改：「原稿作記，鈔本作説」。

憶秦娥　書前詞寄苗生，因有餘紙，口占此解，詞雖俚而情彌長也

風和雨，風風雨雨離人語。離人語，只今贏得，斷腸詩句。夢長夢短渾無據，江南江北相思苦。相思苦，個中滋味，舍卿誰語？

洞仙歌　哭亡友夢溪

闌風長雨，送素旌〔一〕千里。屈指靈輀早南矣。悵霜枝釘菊，雨蓋飄荷，招得那、一點痴魂歸未？

繩河渾未曉，咫尺東西，嘗遍凄凉斷腸味。雨蓋、霜枝、繩河、東西數語，皆朱竹垞《滿庭芳》詞也，余曾爲夢溪書在便面，彌留時猶日誦之。結果是良緣，緣淺緣深，斷送得、

〔一〕「旌」原訛「姓」，據《粲花館詞鈔勘誤表》改。

斯人心死。庚午闈前，夢溪曾於靈威廟問籤，有「天生結果是良緣」之語，旋以「緣」字坐號獲雋。而今夏示疾，恰在有緣堂。吉語成讖，福爲禍倚，异哉。只今日、臨風黯銷魂，痛泉路茫茫、此緣誰寄？

風敲竹　夢溪以十二月十八日下窆，泫然賦此，焚之靈右

元伯真行矣。問魂兮、久羈燕北，果歸來未？回首去年今日夜，同在西泠沉醉。驀忽地、送君蒿里。誰與招魂誰執紼？痛金荃、身後偏無子。天憒憒，竟如此。

椎心泣血徒然耳。怎能勾、早招阿買，了君心事。剩有孀閨啼寡鵠，拚做鴛鴦雙死。同穴誓、堅如白水。惟我與君真死友，泪和書、迸入重泉裏。燒罷也，紙灰起。阿買，退之侄。

壬申

采桑子　憶雲

吴門踏遍湖田雪，香竊冬郎，眉畫秋娘，彈指分飛暗斷腸。

今春有客傳魚信，聞道蕭娘，長憶劉郎，何日藍橋再乞漿？

高陽臺　上巳憶柳

鴛枕栖香，鷄缸〔一〕扶醉，朦朧唤起春酲。小别經年〔二〕，斷魂猶記分明。東風不解

〔一〕「缸」原訛「釭」，據《粲花館詞鈔勘誤表》改。

〔二〕「經」原訛「輕」。

相思苦，柳絲絲、偏惹閑情。最消凝，斜月惺忪，細雨濛溟。無端吹遠天涯夢，認桃花人面，濃笑相迎。恨煞啼鵑，催儂歸去聲聲。枕邊密誓燈邊泪，夢回時、依舊凄清。且消停，待到三年，重話三生。

滿庭芳　憶黄浦舊游

眉語金樽，鬢香紈扇，薄情贏得風流。小東門外，曾記聚仙樓。問訊青溪小妹，金鈴菊斜顫釵頭。堪憐是、翠娥未嫁，彈破四弦秋。此皆去秋九月上洋林客信也。離腸，千萬結，釵盟鏡約，無限綢繆。只恁般性格，恁地温柔。更有恁般情分，争教我、恁地拋休。無聊甚，連宵暗祝，和夢强勾留。

滿江紅　壬申三月初八接蓉生辛未除夕感懷詩，譜此代覆三首

花下開緘，喜足下、别來無恙。再展讀、長歌短闋，聲情悲壯。孤館蕭條風雪

恨，半年領略窮愁狀。這心情、試説與楊枝，應同樣。詩後有贈歌郎金縷曲，故及之。

懊惱曲，君休唱。淪落感，何須悵。且痛澆塊壘，醉葡萄釀。舊雨難忘梁月夢，文星暫駐扶風帳。待來春、得意共看花，金臺上。

近日狂生，偏遇著、魔頭萬種。咄咄甚、官私蛙鬧，瘦肥虱訟。怒觸狙公聊復戲，禮饒鼠輩何須拱。只而翁、坦腹睡齁齁，原空洞。

蝸角戲，伊自哄。兔園冊，吾能誦。拚杜門不出，任渠嘲弄。白眼俄看飛野馬，清聲偏愛聽雛鳳。更朝來、布穀正催耕，秧歌送。

走再覆言，謝老母、平安堪報。更賤子、風狂依舊，短衣破帽。荒圃菜添櫻筍富，雛孫豆喜茱萸小。小孫光蘭天花頗順。只山妻、典了夜飛蟬，貧堪笑。

何必走，邯鄲道？何必祀，軒光竈？念銅駝街上，故人不少。雲覆雲翻蒼狗幻，春來春去雛鶯老。願諸君、努力各加餐，聯同調。

風中柳　三月初八日接蓉生京信，知柳卿於客冬遇吉林人，從良去矣。雲雨自從分散後，人間無路到仙家。追憶舊盟，凄然有作四首

記得春初，初見柳娘時候。儘雙雙、停眠整宿。枕花紅皺，臂紗香透。錦屏深、幾忘更漏。

而今追憶，好夢不堪回首。問章臺、長條依舊。入他人手，葉肥人瘦。要相逢、甚時能又？

記得春深，小別柳娘時節。鎖春闈、九宵九日。嘔儂心血，受卿憐惜。唧喁喁、幾聲將息。

者番分手，惆悵音塵永隔。夢迷離、曉鶯殘月。落紅如雪，雲乖雨絶。苦纏綿、思量無益。

記否春殘，題罷柳娘團扇。笑微微、拂箋捧硯。靈犀一點，秋波一翦。注鴛鴦、押雙紅券。

蘭因絮果，無奈恨深緣淺。誤芳辰、風花磨煉。去年人面，幾時重見？願來生、成雙成眷。

記別娘前，四月廿三殘夜。悄無言、離魂欲化。泪沾羅帊，香遺囊麝。想真真、夜深來也。

彩雲何在？忽忽雲英已嫁。最傷心、那年花下。盟兒都假，夢兒難借。這相思、只拚休罷。

解珮令　春暮見燕，棖觸舊懷

垂楊翠浦，笑桃朱户。入湘簾、燕兒雙舞。私語呢喃，也似解、惜春歸去。一銜花、一銜飛絮。

紅絲綰汝，那人何處。待緘愁、替儂傳與。尋遍天涯，又不是、章臺舊路。一程程、葬花殘雨。

小梅花　紀恨集句

春如舊陸放翁，重回首白玉蟾，風簾燕舞鶯啼柳牛嶠。小嬋娟蔣竹山，早求仙温飛卿，殷勤勸酒劉改之，寒食落花天放翁。小檻日斜風悄悄張泌，此情説便説不了万俟雅言。眼青青高深甫，盼卿卿楊用修，相喚温飛卿重幃低語囑輕輕王次回。春已去王建，花誰主黄機？裛殘別袖燕支雨黄公度。到而今石孝友，嗟因循柳耆卿，尋消問息李玉，相見更無因韋莊。一夜簾前風撼竹韋莊，不成歡笑不成哭黄山谷。天悠悠黄昇，恨悠悠香山，別是一般滋味在心頭李後主。

小梅花　憶黄浦集句

人何處晁冲之，又重午劉克莊，江雲叠叠遮鴛浦蘇庠。好因緣陶穀，短因緣向子諲〔一〕，去年時節晏幾道〔二〕，小髻簇花鈿顧敻。玉杯共飲菖蒲酒侯寘，後會不知何日又蜀中妓。來匆匆，去匆匆王灼，一縷新蟾吴文英，空記小樓東洪瑹。

伴伊坐柳耆卿，甚時可楊無咎，心心念念都緣那石孝友。是身留，是心留蔣竹山，留連無計趙長卿，忍泪上雲兜張仲舉。關山有限情何限蘇東坡，相望相思不相見王子安。漏迢迢顧敻，恨迢迢魏承班，可惜風流年紀可憐宵譚明之。

〔一〕「諲」原訛「湮」，據《粲花館詞鈔勘誤表》改。

〔二〕「幾」原訛「畿」，據《粲花館詞鈔勘誤表》改。

浣溪紗　無題集句六首

對影聞聲已可憐李義山，秦娥十六語如弦韓琮。纖腰婉約步金蓮毛熙震。

昨夜雨涼今夜月許渾，南家飲酒北家眠香山。可能無礙最團圓張籍。

酒泛金樽月未央劉兼，月明還照半張床元稹。向人枕畔著衣裳韓熙載。

去便不來來便去六一，郎心如妾妾如郎無名氏。爲誰消瘦減容光少游。

只是當時已惘然義山，别腸三夜繞朱弦東坡。多情信有短因緣鮑生妾四弦。

蕩子天涯歸棹遠飛卿，蓬萊無路海無邊張籍。不知何處玉樓前權德輿。

不信年華有斷腸義山，百花狼藉柳披猖唐彦謙。等閑裁破錦鴛鴦施肩吾。

幾日嬌魂尋不得義山，閑愁閑悶日偏長少游。秋風此日灑衣裳杜子美。

金綉羅衫軟著身張祜，與君相見即相親王維。如今俱是异鄉人韋莊。
月不長圓花易落吴融，濕雲如夢雨如塵崔魯。此生無路訪東鄰閻選。

萬種恩情只自知韓偓，身情常在暗相隨韓偓。些些私語怕人疑方干。
柳絮杏花留不得林寬，歸來如夢復如痴元稹。迢迢何處寄相思馮延巳。

浣溪紗　徘徊集句六首

笑映珠簾覷客來盧綸，霧綃雲縠稱身裁羅虬。暫將團扇共徘徊王昌齡。
萬種保持圖永遠孫光憲，一心如結不曾開江陵女子。便期携手上春臺鄭谷。

笑指庭花昨夜開成彦雄，無心翻似有心來牧之。手拈裙帶獨徘徊顧敻。
兩意定知無説處李山甫，瓊筵不醉玉交杯義山。好將心力事妝臺韓偓。

醉後仍教笑口開香山，偶因翻語得深猜韓偓。起行殘月影徘徊顧況〔一〕。

嚙指暗思花下約孫光憲，等閑偷入又偷回元稹。含羞迎夜復臨臺義山。

兩朵芙蓉鏡裏開魚玄機，儂妝美笑面相偎〔二〕劉商。攬衣推枕起徘徊香山。

最是五更留不住韓熙載，贈君珍重抵瓊瑰義山。有心還得傍瑶臺趙象。

一寸相思一寸灰義山，相思那得夢魂來孟浩然。落花飛蝶共徘徊雍陶。

劉阮信非仙洞客閻選，殷勤相送出天台曹唐。花飛何處好池臺羅鄴。

昨夜何因入夢來香山，粉屏香帕又重偎張祜。狂心醉眼共徘徊方干。

翠羽帳中人夢覺無名氏，爐中香氣盡成灰孟浩然。柳綿相憶隔章臺義山。

〔一〕「況」原訛「沉」，據《粲花館詞鈔勘誤表》改。

〔二〕「儂」「偎」《全唐詩》卷三〇四作「濃」「隈」。

南鄉子　和朱苗生集句

三五玉蟾秋方干，夢到花橋水閣頭白香山。雲髻素顔猶盼睞韋應物，知不張炎。纏繞春情卒未休翁承贊。

嬌倚鈿箜篌韓翃，相望銀河隔淺流駱賓王。願得侍兒爲道意畢曜，風收周密。休使珠簾下玉鈎薛濤。

附苗生原作

微月淡烟村曾覿，冰箔紗簾小院清趙與仁。緑酒初嘗人易醉晏殊，消凝柳永。酒後輕寒不著人永叔。

往事與誰論鄭意娘，翦碎香羅裛泪痕無名氏。今夜夜長争得曉張先，更深李演。露冷依前獨掩門張先。

菩薩蠻　和朱苗生集句

玉樓明月長相憶温庭筠，月光如水衣裳濕何元上。笑語度更籌唐暄，鴛衾誰并頭牛嶠。
濕花低桂影錢起，香伴金屏冷魏子敬。脉脉惜年華楊巨源，闌干北斗斜楊炯。

附苗生原作

山屏露帳玲瓏碧毛滂，不眠特地重相憶永叔。檜佩可憐風范成大，蛩階月正中周密。
舊歡如夢裏韋莊，香燭消成泪〔一〕飛卿。銀漢是紅墻毛文錫，西風昨夜凉張先。

浪淘沙　和朱苗生集句

風露動相思韓偓，一笛休吹高觀國，銀河漾漾月輝輝崔魯。應是離魂雙不得陸龜蒙，

〔一〕「消」原訛「燒」，據《粲花館詞鈔勘誤表》改：「原稿作消，鈔本作燒。」

誰品春詞楊恢。

相對夜何其李彭老，露粟侵肌吴文英，牙床角枕睡常遲白居易。過盡征鴻知幾許趙聞禮，愁滿天涯薛夢桂。

附苗生原作

暝色入高樓李太白，不用悲秋東坡，夜凉銀漢截天流夏竦。欹枕欲尋初夜夢吕渭老，兩處悠悠張耒〔一〕。

何日更重游白香山，凉月横舟張埜，淺斟低唱小淹留范成大。睡起捲簾無一事張泌，也是風流永叔。

〔一〕「耒」原訛「耒」，據《粲花館詞鈔勘誤表》改。

聲聲慢　和朱苗生集句

蝶翻露草永叔，蟬咽涼柯周邦彦，寶釵樓外秋深張鎡。換譜伊涼蔣捷，江南消息沉沉張先。情銷鬢霜千點吴文英，舊東風陳允平、飛入秋冥張炎。空凝絶嚴羽、翦殘枝點點吴文英，目極傷心姜白石。

一枕青樓好夢梁曾，被西風吹盡辛弃疾，迤邐成塵李彭老。寒透鮫綃王沂孫，畫闌倚遍桐陰周密。餘寒尚猶戀柳張炎，夢依依姜白石、還怕登臨張炎。歌哽咽李演，倚么弦晏幾道、彈折素琴張炎。

附苗生原作

碧砧度韵周密，潤玉籠綃吴文英，輕羅小扇涼生王沂孫。亂葉翻鴉周邦彦，凄涼一片秋聲蔣捷。人生最難一笑周密，記畫簾、燈影沉沉陳允平。腸斷處黄機、正春濃酒暖賀東山，羅帶輕分少游。

須信情鍾易感黃機，更西風涼早劉過〔一〕，夢斷難尋〔二〕李之儀。誰寄愁紅周密，可憐夜夜閑情張炎。殘寒正欺病酒吳文英，待不眠、還怕寒侵韓疁。今夜月趙汝茪，漸一絲風裊張翥、飛到銀屏黃蘭〔三〕。

念奴嬌　和朱苗生集句

乍涼簾幕張元幹，黯西風吹老方岳，半星心力張鎡。河漢無聲光練練謝懋，蟬鬢美人愁絶温庭筠。月洗高梧張鎡，風摇翠竹辛稼軒，總是相思切程垓。沉思前事周邦彦，定應愁沁花骨史達祖。

盡道錦里〔四〕繁華陸游，蓬瀛佳麗趙鼎臣，一掃無留迹陸凝之。欲買桂花重載酒劉過，

〔一〕「過」原訛「遇」，據《龍洲集》改。
〔二〕「夢斷」原訛「斷夢」，據《粲花館詞鈔勘誤表》改：「原稿作夢斷。」
〔三〕「蘭」《全宋詞》作「簡」。
〔四〕「里」原訛「裏」，據《粲花館詞鈔勘誤表》改。

那得許多錢帛辛稼軒。破帽欹寒盧祖皋，酒杯慵舉盧炳，彈泪倚瑶瑟朱敦儒。闌干拍遍辛稼軒，角聲何處嗚咽程垓。

附苗生原作

垂楊瘦削蔣捷，算惱人偏是周密、月秋霜曉范成大。醉墨淋漓人感舊陳亮，勾引凄涼多少陳恕可〔一〕。落日樓頭稼軒，斷鴻聲裏耆卿，翠色和烟老梅堯臣。涼颸乍起吴文英，今年又是寒早王觀〔二〕。

人静夜久憑闌周邦彦，秋聲驚碎張翥，最覺縈懷抱周邦彦。小院深深門掩亞歐陽修，素被瓊篝夜悄周密。暗憶年華薛夢桂，盡拚醉了王沂孫〔三〕，醉後和衣倒張先。銀屏夢覺陳允平，涼蟾低下林表周邦彦。

〔一〕「周密」「范成大」「陳亮」位置原誤，「陳恕可」原脱，據《全宋詞》乙補。

〔二〕「吴文英」原訛「楊纘」，「王觀」原訛「吴文英」，據《全宋詞》改。

〔三〕「周邦彦」「張翥」「薛夢桂」「王沂孫」位置原誤，「歐陽修」「周密」原脱，「盡」原誤屬上句，據《全宋詞》乙補。

鷓鴣天　録苗生集句詞竟，即題其後

著盡工夫人不知元稹，非關宋玉有微詞李義山。鴛鴦艷錦初成匹飛卿，織得迴文幾首詩徐鉉。

深院静李後主，宿雲披[一]和凝，河低月落五更時儲光羲。雪飄歌曲高難和白香山，題向花箋帖綉楣韋莊。

聲聲慢　再和朱苗生集句

一聲征雁曹組，萬里西風吴潛，凭高望極斜陽周密。冷冷清清李清照，此時無奈昏黄王觀。黄葉平一離一別劉長卿，甚秋聲、今夜偏長張炎。眠不得失名、把苔箋重譜張

〔一〕「披」原訛「收」，據《粲花館詞鈔勘誤表》改：「原稿作披。」

炎，横竹吹商王月山。

聽絶殘簫倦笛李彭老，背青燈吊影王沂孫，秋澹無光吴文英。寫入琴絲姜白石，絲絲都是愁腸李萊老。瀛洲舊時月色張翥，兩厭厭黄孝邁、多少思量蕭允之。愁絶處張翥，對紙屏素榻錢抱素、玉臂生凉黄子行。

聲聲慢　料檢秋衣，偶睹羅帕，惘然有作

半蟾挂曉王沂孫，病翼驚秋王沂孫，畫屏雲鎖瀟湘秦觀。遠恨綿綿蔣捷，惜歸羅帕分香侯寘。一看一回斷腸〔一〕張蛻岩，已换却周密、入手風光王惲。空對酒潘希白、怕西風吹帽周密，夢入新凉張元幹。

秋在西樓西畔吴元可，甚長安亂葉周密，寫怨聲長周密。不是悲秋李易安，爲誰老却劉郎張樞。霜空雁程初到周密，更消他王沂孫、無限思量少游。恐翠袖，正天寒張炎、

〔一〕「斷腸」原訛「腸斷」，據《粲花館詞鈔勘誤表》乙。

猶未試妝陳允平。

念奴嬌　憶燕臺集句

斷魂千里徐君玉〔一〕妻，恨綿綿李易安、多少碎人腸處高觀國。留得羅衿前日淚李易安，吹作一天愁雨陳逢辰。淺碧籠雲劉過，暖香吹月劉鎮，好夢總無據吴淑姬〔二〕。紅沉翠冷李萊老，前塵回首俱誤李昴英。

長記送我行時張孝祥，芙蓉雙帶趙彦端，小縮同心縷張元幹。空有琵琶傳出塞鄧光薦，枉了錦箋分付趙以夫。一寸柔情吴文英，半隨流水梁曾，畢竟春誰主易祓。西風又急吴禮之，相思情緒最苦洪瑹。

〔一〕「玉」《詞綜》卷二五作「寶」。

〔二〕「淑」原訛「叔」，據《粲花館詞鈔勘誤表》改。

念奴嬌　憶蘇臺集句

行雲夢遠韓元吉，恨最恨、閑却新凉時節周密。翠水瀛壺人不到曾覿，誰説江南消息程泌〔一〕。回首妝樓張炎，夜深花底王沂孫，化一雙蝴蝶石孝友。淺顰低笑錢唐士人，受他真個憐惜朱敦儒。

酒醒無奈秋何陳允平，小窗幽院周格非，閑見誰家月張炎。一望蘇州雲冪冪方妙静宫人，好夢不曾圓合黄孝邁。紅葉無情陳允平，翠釵難卜蔣捷，漠漠香塵隔周密。離痕歡唾吴文英，如今何處尋覓朱敦儒。

〔一〕「泌」《全宋詞》作「珌」。

念奴嬌　憶黄浦集句

鳳樓何處蔡伸，記小憐張炎、携手滿身花影彭元遜。斜綰烏雲新浴罷尹焕，自有絶塵香韵張翥。笑挽羅衫馮艾子，問郎留否彭元遜，終是無憑準高觀國。幾時還聚張先？人生似此蒼鬢劉應幾〔一〕。

默默一晌銷魂李嶂，殘燈朱幌陸淞，理哀弦鴻陣姜白石。管是夜來渾不睡詹正，拚却舞勾歌引周密。梧葉飄黄柳永，月波流素石孝友，有恨無人省東坡。憶渠痴少尹焕，帕綃新泪猶凝李天驥。

〔一〕「幾」原訛「機」，據《粲花館詞鈔勘誤表》改。

浪淘沙　再和朱苗生集句

何事菊花時陳亞，凉露沾衣周美成，水堂西面畫幬垂韋莊。簾外秋容人共老王夢應，殘柳依依張翥。

香燼冷金猊謝逸，難覓佳期周孚先，半床明月兩天涯潘元質。薄幸更無書一紙周紫芝，悶絶相思樓采。

南鄉子　再和朱苗生集句

衰柳數聲蟬顧敻，橙蟹肥時霜满天盧祖臯。醉拈黄花和泪嗅王沂孫，留連李彭老。寄與湘妃作翠鈿皮日休。

款曲擘香箋權德輿，再唤春風到眼前楊立齋。留到如今春不管僧揮，誰憐張炎？桐下空階疊緑錢陸龜蒙。

菩薩蠻　對菊哭夢溪集句

夜臺夢語秋聲碎張炎，一聲吹下相思淚趙孟頫。無語泣寒香王詵，斷腸還斷腸杜牧。

西風吹淚去天機餘錦，近淚無乾土杜甫。空有夢相隨韋莊，夢長君不知温飛卿。

擬顧太尉䨱荷葉杯九調集句

妝罷小窗圓夢李珣，雙鳳䨱，風慢日遲遲崔櫓。和嬌和淚泥人時孫光憲，知麽知，知麽知原句。

門外尺深花雨陳子龍，春去劉辰翁，未許醉相留杜少陵。依前春恨鎖重樓李璟，愁麽愁，愁麽愁原句。

樓上美人春睡韋莊，沉醉張泌，驚夢起鴛鴦杜牧之。臂留檀印齒痕香閻選，狂麼狂，狂麼狂原句。

斜掩金鋪一扇薛昭藴，眉斂敻，生肯不風流羅隱。幾囘擡眼又低頭韓冬郎，羞麼羞，羞麼羞原句。

守著窗兒獨自李清照，無寐少游，花落子規啼温飛卿。約鬟低珥算歸期薛昭藴，歸麼歸，歸麼歸原句。

寫得魚箋無限和凝，難遣張先，嬌思入琴心盧仝。水晶帷外冷沉沉張泌，吟麼吟，吟麼吟原句。

不忍罵伊薄幸魏承班，多病馮延巳，魂夢兩情偏元微之。玉柔花醉只思眠歐陽炯，憐麼憐，憐麼憐原句。

金燼暗拋殘燭韋莊，香玉温飛卿，羅荐暗魂銷吴融。緑鬢雲散裊金翹毛熙震，嬌麽嬌，嬌麽嬌原句。

喚起一聲人悄少游，含笑牛嶠，山枕印紅腮魏承班。不知香頸爲誰迴李義山，來麽來，來麽來原句。

羅敷艷歌　集句三十調

錦城春色花無數王詵，羅綺成叢柳永，醉臉春融東坡，樓畔花枝拂檻紅趙嘏。

賣花門館生秋草史達祖，拜月樓空賀方回，送絶征鴻高觀國，黄葉烟深淅淅風馮延巳。

爐香捲穗燈生暈永叔，樽酒相逢東坡，斗帳香濃趙長卿，别有深情一萬重白香山。

流光易去歡難得鮑防，斷角殘鐘黄昇，銷減芳容孫夫人，來是空言去絶踪李義山。

朱樓空記回嬌眄蕭允之，弦索摐摐王建，學唱新腔蔣捷，暫寄華筵倒玉缸許渾。而今誤我秦樓約王安石，斜點銀釭趙長卿，有淚如江史達祖，斜月斜風冷透窗秦觀。

匆匆相遇匆匆去郭應祥，雙燕來時李甲，人影參差周美成，薄幸知他知不知黃機。舊時曾寫桃花扇李彭老，花誤幽期史達祖，筆染相思楊炎正〔一〕，腸斷紅箋幾首詩李建勳。

一宵光景潛相憶白香山，春笋柔微呂渭老，新試紗衣謝逸，迎得郎來入綉幃和凝。樓頭尚有三通鼓孫洙，圓鏡高飛謝薖〔二〕，空帶愁歸周邦彥，夢見雖多相見稀馮延巳。

千姿萬狀分明見白香山，柳院燈疏史達祖，鬢怯瓊梳周美成，豆蔻梢頭二月初杜牧之。

〔一〕「正」原脱，據《全宋詞》補。
〔二〕「薖」原訛「邁」，據《全宋詞》改。

可憐顏色經年別元稹，寫不成書玉田，頓老相如吳文英，一樹梅花伴索居王彥泓。

腰支只怕風吹倒辛弃疾，嬌欲人扶蔣竹山，多少歡娱晁冲之，春到梨花日又晡司空圖。

百囘消息千囘夢趙象，泪滿平蕪吳文英，留恨城隅方囘，試割相思得斷無彭伉妻張氏〔一〕。

酒杯欲散離歌舉周美成，嬌馬頻嘶趙長卿，沸路香泥晏幾道，折柳亭邊手重攜釋無悶。

不成便没相逢日張翥，望極天西張槩，烟草凄迷李邴，幾日情悰雜笑啼王次囘。

依稀待月西廂下賀方囘，半嚲鸞釵孫氏，獨立閑階楊无咎，脱取明金壓綉鞋李郢。

姮娥不管征途苦王僖之，身在天涯陸游，空照秦淮李後主，尋遍春風十二街李肩吾。

〔一〕「割」「彭」原訛「隔」「胡」，據《全唐詩》卷七九九改。

相逢不用相迴避李涉，暖透蘭煤王茂孫，困倚妝臺晁補之，都把花名作字猜〔一〕朱權。

尊前只恐傷郎意夏竦，客裏情懷趙長卿，笑口須開黄山谷，後夜相思無此杯葉静慧。

可人風韵閑妝束張于湖，風柳腰身柳永，緩步香茵韩縝〔二〕，自有閑花一面春羅虬。

春心莫共花争發李義山，屏掩孤顰周美成，少喜多嗔黄山谷，争奈嬌波不顧人唐玄宗。

相思只在相留處玉田，沉水濃薰張翥，羅帶輕分少游，日日思君不見君李之儀。

錦鱗去後憑誰問李浙，雁過南雲晏殊，能寄殷勤玉田，我亦情多不忍聞杜安世。

赤闌橋盡香街直陳克，花下重門少游，立盡黄昏洪咨夔，留得佳人蓮步痕舒亶。

曉釵壓鬢頭慵舉舒亶，酒在離樽周紫芝，衾鳳猶温張先，絮語嬌啼入夢魂王次回。

〔一〕「都」原訛「覩」，據《粲花館詞鈔勘誤表》改。

〔二〕「縝」原訛「滇」，據《全宋詞》改。

紗窗月影隨花過馮延巳，紅粉闌干王采，争要先看王觀，一朵能行白牡丹崔涯。

天明又作人間别徐鉉，不見長安毛幵，春意闌珊李後主，寥落春眠夢亦單張綖。

雲情自鬱争同夢魚玄機，淺揭湘斑沈景高，微暈春山吕渭老，雪色鮫綃拭泪顔唐彦謙。

再三莫遣歸期悮子譚，一曲陽關柳永，天上人間李後主，暫到高唐曉又還張泌。

殷勤花下重携手葉夢得，妙語如弦吕渭老，穩步紅蓮米芾，月對瓊杯此夜圓黄滔。

幾番心事無憑準江開，獨立花前馮延巳，怕聽啼鵑玉田，辜負名花已一年蘇東坡。

自從邂逅芙蓉帳史鳳，沉水烟消周紫芝，腕玉香銷石孝友，花鈿羅衫聳細腰章孝標。

纔成好夢剛驚破陸龜蒙，柔柳摇摇張先，歸路迢迢周紫芝，腸斷春風爲玉簫曹唐。

梅花一夜開金屋歐陽玄，池面冰膠姜夔，勒住花梢周紫芝，小雨霏霏向日捎失名。

落花都聚红雲帚張雨，綉閣輕抛柳永，玉釧輕敲周美成，滴露春聲[一]落枕凹王逢。

燕忙鶯懶青春暮李彭老，花信風高劉灝，紅了櫻桃蔣竹山，駐立墻東目送勞王次回。

荷香柳影成秋意李彭老，客夢江皋張林，一葉寒濤吴文英，風送離情入翦刀項斯。

只留明月當層漢唐彦謙，簾影飛梭李彭老，翠幕成波張先，惱亂工夫暈翠娥韓偓。

琵琶更作相思調徐師川，芳意婆娑劉鎮，莫唱西河玉田，長道人生能幾何韋莊。

當時可愛人如畫韋莊，明月窗紗顧仲從，淡拂鉛華晁補之，故把芳容故故遮徐清叟。

爲雲爲雨徒虚語唐彦謙，凉入琵琶洪咨夔，夢破胡笳沈會宗，門柳蕭蕭啼暮鴉高適。

高樓把酒留君住舒亶，倚扇清吭王沂孫，寸寸柔腸永叔，斜月朧朧照半床施肩吾。

〔一〕「聲」原訛「深」，據《梧溪集》卷六改。

只緣裊娜多情思劉禹錫，自檢羅囊吕渭老，私語相將周密，臨去添衣又進房王次回。

雙眸相媚彎如翦謝絳，水盼蘭情周美成，羞燕慚鶯玉田，羅帶同心結未成林逋。

魂驚苒苒江南遠高觀國，謾想輕盈練恕可，夢不分明周密，月濾窗紗約半更許棐。

青衫乍見曾驚否白香山，燈火青熒吴激，酒已都醒周美成，睥睨〔一〕檀郎長是青邵亨貞。

銀蟾依舊當窗滿周美成，素壁秋屏周密，虚籟泠泠玉田，直似當時夢裏聽李冶。

薄情謾有歸消息柳永，鵲語無憑袁易，春睡瞢騰寇寺丞，一半雲鬟墜枕稜韓偓。

看看又是黄昏也周紫芝，簾卸蟾冰玉田，泪漬吴綾陸游，蟋蟀聲中一點鐙李昌符。

當初爲擬深深寵柳永，不見還休晁補之，不醉難休永叔，人老簪花却自羞蘇東坡。

〔一〕「睥睨」原訛「矈眈」，據《粲花館詞鈔勘誤表》改。

如今總是銷魂處蔡伸，月滿西樓李易安，雪滿西樓周紫芝，望斷長川一葉舟羅鄴。

蛩聲泣露喧秋枕少游，水静簾陰高觀國，幾處疏砧孫洙，幾曲闌干萬里心張輯。

相思一夜知多少關盼盼，事逐雲沉高觀國，望到如今孫氏，悔作從來恩愛深韋璜。

尋思往事依稀夢李珣，奩月初三周密，花裹停驂虞集，落拓微行倚半酣王次回。

深知身在情長在李義山，聽笛江南玉田，嫩水挼藍張景修，若睹紅顔死亦甘魚玄機。

紫雲原在深深院危〔一〕稹，一掬清蟾張先，一樣眉尖周文璞〔二〕，淡畫春山不喜添鄭文妻。

低頭悶把衣襟拈韓偓，裙縷鶼鶼張先，春困厭厭柳永，不爲郎歸不捲簾王次回。

〔一〕「危」原訛「詹」，據《詞綜》卷十六改。

〔二〕「璞」原訛「樸」，據《全宋詞》改。

一絲楊柳千絲恨司馬昂父，錦字泥緘虞集，留住金銜方回，往往長條拂枕函司空圖。
舊來好事今能否杜子美，心斷雲帆蔡伸，浄洗征衫陳參政，老去生涯白木鑱唐庚。

自題三十調後七絶

自憐無術喚真真范成大，幾許悲歡并在身劉長卿。筆拙紙窮情未盡徐鉉，不知辛苦爲何人高駢。

金縷曲　中秋讀苗生見寄近作，即次其寄蓉生原韵奉覆

我本傷心者。忽飛來、銷魂一紙，泪涔涔下。太息鍾期今未遇，且共嫦娥耐寡。問何日、乘風歸也。迸入秋聲聲更苦，恨嬋娟、弄影愁難寫。天莫問，酒休把。
牢骚如我塵偏惹。拍酸歌、老蒼有耳，也應悲咤。世事紛紜蕉鹿夢，得馬旋驚失馬。只合勸、先生休且。深感知音頻問訊，把狂夫、衷曲傾盆瀉。持此代，雨窗話。

金縷曲　題苗生惜餘芳館詞，用前韻

誰復知音者。笑群兒、豪蘇膩柳，寄人籬下。只有惜餘芳一卷，真個曲高和寡。恨種種、余之髮也。但願結爲忘年友，把哀絲豪竹供陶寫。吾甘後，臂須把。閑愁閑悶君休惹。任風吹、一池浪皺，何關驚詫。有日春風夸得意，看爾輕衫細馬。只今日、唱斟聊且。玉兔桐陰秋香滿，撥鵾弦、大杓鵝黄瀉。留异日，作佳話。

浪淘沙

斜日下迴廊，蕭索秋光，絲絲殘恨挂垂楊。有限思量無限恨，何苦思量。無奈軟心腸，緣短情長，任他薄幸任荒唐。七夕中秋都過了，還等重陽。

行香子　重九

又到重陽，立盡斜陽。唱寒蟬、漸漸昏黃。西風瘦骨，誰伴蕭郎。有酒東籬，詞北宋，曲西厢。

無限淒涼，無限思量。問元龍、底事郎當？十分豪氣，多半銷亡。剩一分呆，一分懶，一分狂。

癸酉

蝶戀花　春暮集句二首

人去人歸芳草渡吴儆。遠恨綿綿柳永，撲撲憐飛絮毛滂。春盡絮飛留不住劉禹錫，妝樓何處尋樊素張炎？

欲訴閑愁無説處張炎。惻惻輕寒周邦彦，花落空庭暮趙鼎。燕子銜將春色去秦觀〔一〕，啼紅止恨清明雨趙令畤。

〔一〕「觀」原訛「靚」。

薄霧籠花天欲暮程垓。閑立東風陳允平，不見淩波步徐師川。庭院深深深幾許永叔，東風須惹春雲住吴文英。

花自無言鶯自語周密。不解傷心，還解相思苦張震。數盡一堤楊柳樹毛滂，絲絲楊柳絲絲雨蔣捷。

念奴嬌　春暮寄懷朱苗生集句

玉窗深窈陳允平，伴清幽趙善扛、占取芳菲多處張炎。睡起捲簾無一事張泌，細把花〔一〕鬢頻數吴文英。春淺春深薛夢桂，輕寒輕暖陳亮，自對黄鸝語周密。問春住否王沂孫，似説春事遲暮吴文英。

遥望綉羽衝烟吴文英，分開紅影史達祖，翻落花心露張炎。款步花陰尋蛺蝶張樞，冉冉細吹香霧史達祖。環珮無聲李彭老，曉雲同夢樓扶〔二〕，也要留春住高觀國。持花酹

〔一〕「花」原訛「香」，據《粲花館詞鈔勘誤表》改。
〔二〕「枎」原訛「抉」，據《全宋詞》改。

酒趙聞禮，冷香飛上詩句姜夔。

念奴嬌　覆朱蓉生壬申正月見寄之作集句三首

知音者少劉過，嘆春來只有陸游，書空獨語陸游。望處定無千里目賀鑄，争似相思寸縷薛夢桂。月約星期吴文英，香留酒殢張炎，冷落吹簫侣盧炳。夢雲無準吴文英，朝朝花困風雨莫崙。

擬待告訴天公蔣捷，杜郎老矣周密，何處長安路毛滂。作賦吟詩空自好黄昇，方悔風流相誤史達祖。春已歸來辛弃疾，柳猶如此張炎，萬感天涯暮張榘。出門長嘯袁易，高人今在何許王易簡？

有如此酒蜀中妓，且銜杯馬莊父、洗却平生塵土張炎。四十年來同幻事蘇軾，不值一杯秋露黄昇。抹月批風蘇軾，淺斟低唱柳永，不管流年度秦觀〔一〕。未名未禄柳永，十

〔一〕「觀」原訛「覾」。

年枉費辛苦劉過。

惆悵趙鼎臣，飛絮流雲王灼，而今已拚了李甲，桃源無路張炎。道是樊川輕薄殺楊誠齋，到底將身自誤劉過。千種風情柳永，并刀翦斷黄孝邁，可問〔一〕青天語從橐。丹心增壯秦觀，氣吞萬里如虎辛弃疾。

故人書報辛弃疾，道愁腸殢酒辛弃疾，長安倦旅周密。聚散細思都是夢蘇東坡，惹起夢雲情緒解方叔。待拂吟箋張炎，滿懷離恨趙企，天遠青山暮吴文英。相思誰寄周密，此時心事良苦張炎。

聞道花底花前王嵎，艷歌芳酒周密，風致美無度燕公楠。去我三千六百里白香山，炯炯近天尺五張炎。醉墨題香周密，清談揮麈米芾，無限神仙侣葛郯。明年有約周伯陽，孤槎萬里春聚王易簡。

〔一〕「問」《全宋詞》作「向」。

念奴嬌　寄朱苗生集句二首

暮雲春樹許有壬，再休登望遠張炎，美人何處程鉅夫？眼底生平空四海陶宗儀，驚倒世間兒女滕賓。到老猶狂戴復古，逢花須住張炎，相逐東風去李元膺。闌干猛拍李昴英，不應情遽如許李冶。

花底漫卜幽期周密，東窗舊夢盧祖皋，做的無情緒毛滂。等得日長春又短翁元龍，腸斷封家相妒宋褧。遠草兼雲張炎，游絲度柳陳允平，此恨平分取毛滂。單衣惻惻王沂孫，亂紅撲簌如雨黄機。

剔殘紅灺蔣捷，酒初醒周密、猶記周密舊時金縷吴文英。不見便同千里遠蘇東坡，愁到眉峰碧聚毛滂。燕子來時王詵，梨花過後邵亨貞，總是思君處黄公度。畫闌人寂王沂孫，鐵腸還解情語燕公楠。

幾度同上南樓蔣捷〔一〕，花圍坐暖周密，絶妙夸能賦廖〔二〕世美。我輩中人無此分蔣捷，誰知當年豪舉陸放翁？一葉浮香張炎，萬花吹泪張炎，那更廉纖雨孫洙。風兒又起石孝友，青燈摇動窗户邵亨貞。

選冠子　賀朱竹卿選拔

狸製先登，蝥弧能奪，早豎西風赤幟。不矜叱咤，不惱冬烘，自爾品高儕輩。回憶二十年前，君作龍頭，僕慚驥尾。悵晨星落落，誰歟知我？亦惟君耳。

恨只恨、荆璞仍埋，燕爐未鑄，自分封侯已矣。門有通德，兒有超宗，全福合當輸爾。此去南冥，北冥九萬培風，三千擊水。看龍華會上，咄咄是父是子。

〔一〕「蔣捷」當爲「陳允平」，見《全宋詞》。
〔二〕「廖」原訛「唐」，據《全宋詞》改。

減字木蘭花 集句

試尋芳信趙德仁，春未來時先借問辛弃疾。寂寞東風曾純甫，折盡青青賞盡紅薛能。
留春不住梁曾，水畔飛花風裏絮永叔。怯試春衫張翥，病鬢愁心四十三白香山。

洞仙歌　春杪掃亡婦墓

驚心春去，翻恨春來早。雨洗風吹暼過了。剩無情燕子，無路楊花，斷送得、一縷香魂草草。
不堪題往事，埋玉深深，十二年來夢魂杳。休更怨春歸，縱把春留，怎留得、惜春人到？便僥幸、人兒再相逢，已不似、當年一般年少。

婆羅門令　記湖田恨　除夕抵蘇州與朱苗生冒雪訪花

有緣也、怎生撇得？無緣也、却怎生憶得？小别三年，花開謝、月圓缺。千種恨、空自私憐惜。

今日個，重尋覓。把相思、好與從頭説。漁郎瞞却空山路，驀忽地、隔雲泥咫尺。波兒又駛，風兒又逆，仿佛那人嗚咽。從此長相憶，真個長相撇。

甲戌

相見歡　正月十三日在上海小東門外聚仙樓作

籠燈重上西樓，忒綢繆。細把三年離恨、訴從頭。
纔相見，便相遠，甚緣由？又是風風雨雨、泣歸舟。

長命女　紀别

春夢好，剛是多情憐小小，恨煞天將曉。
絶恁匆匆草草，教我怎生撇掉？不及蘇州雲杳杳，索性都拚了。

婆羅門令　十四夜紀別語

昨宵也、是相離苦，今宵也、便是相思苦。記得瀕行，偎郎坐、深深覷。停半晌、私語相分付。

留郎也，郎不住。只囑郎、休把歸期誤。順風一路還珍重，重九節、盼郎再相聚。三年乍見，半宵撇去，因甚輕拋如許？再泊東門渡，莫忘東門路。

虞美人　元夜憶内

去年殘夜朦朧月，催得人離別。別來今夜恰團圞，遥記行人指日、上征鞍。

那知無定天涯客，未過江之北。勸君莫漫費思量，同是單衾孤燭、耐昏黄。

菩薩蠻　舟中苦雨，黯然憶家 集句二首

無端畫角嚴城動秦觀，客懷不斷還家夢張翥。還記出門時賀東山，泪痕沾綉衣温庭筠。
離愁禁不去盧祖皋，兩下平分取黄機。第一是傷心邵亨貞，紗窗病起人張先。

鷓鴣天　舟中憶小卿 集句二首

別來看盡閑桃李何㮚〔一〕，碧雲日暮無書寄范成大。心事入眉尖張先，畫船聽雨眠韋莊。
自憐詩酒瘦史達祖，此恨年年有魏夫人。何處是京華万俟雅言，夢魂先到家王觀。
燭影摇紅向夜闌，瘦驚雙釧玉魚寬。緑鬟堆枕香雲擁，且將燈前細細看王詵、張桂、歐陽修、陳夢弢。

〔一〕「㮚」原訛「卓」，據《全宋詞》改。

香燼落，意闌珊，別時容易見時難。方纔送得春歸了，獨倚西樓第幾闌歐陽炯、李後主、周密、謝逸、王沂孫。

銀漏無聲月上階范成大，一尖生色合歡鞋張翥。文禽只合常交頸張先，香靨凝羞一笑開歐陽修。

春夢好，被鶯催田不伐，一重簾外即天涯許棐。空床展轉重追想柳永，第一頻教入夢來向子諲。

菩薩蠻　雜憶集句

瀛洲無夢朝雲瘦張翥，相思葉底尋紅豆陳允平。紅豆不堪看牛希濟，月明生夜寒張鎡。

勾留風月好張先，碾玉雙蟬小張先。驀地酒初醒張先，長亭連短亭李白。

菩薩蠻　憶小卿集句四首

洞房記得初相遇柳永，匆匆相遇匆匆去郭應祥。今夕是何年范成大，月和清夢圓孫氏。

起來携素手蘇軾，剗襪金釵溜失名。燈盡欲眠時向鎬，兩情應自知吴純叔〔一〕。

夜深偷展香羅薦周邦彦，丁香笑吐嬌無限秦觀。無語托香腮馬浩瀾，酒紅和困來范成大。

寶猊香未冷張先，小睡匆匆醒范成大。偷眼暗形相温庭筠，窩雲一枕香張炎。

流蘇静掩羅屏小周密，今宵剩把銀釭照晏幾道。欹枕悄無眠耿玉真女郎，魂銷似去年顧敻。

〔一〕「叔」原脱，據《國朝詩餘》卷一補。

緑窗携手乍蔡伸，又是春歸也張翥。好夢不分明周密，畫樓殘點聲温庭筠。

畫船撾鼓催君去舒亶，驚殘好夢無尋處馮延巳。回首恨依依李後主，嬌雲容易飛張先。

甚時重去好張炎，却恨春歸早王重〔一〕。空記小樓東洪瑹，雲山千萬重張先。

鷓鴣天　憶朝雲集句

日日思君不見君李之儀，木蘭雙槳夢中雲姜夔。畫屏閑展吴山翠張先，猶有當時粉黛痕張先。

攲玉枕黄庭堅，怕黄昏康與之，重墻繞院更重門張先。可憐孤負年時約張仲宗，柳外樓高空斷魂李重元。

〔一〕「王重」原訛「張來」，據《全宋詞》改。

摸魚兒　憶小卿集句

又依稀、行雲消息張埜，載將離恨歸去周邦彦。行行儘遠猶回面張先，別有傷心無數姜夔。愁幾許周邦彦。漸碎鼓零鐘蔣捷，耿耿天將曙黃昇。風風雨雨蕭列。任狂客無腸張翥，怎能消得楊樵雲，昵昵憑肩語洪瑹。

叮嚀問趙長卿，昨日翠娥金縷盧祖皋。羅窗那回歌處周密。琵琶撥盡相思調陶穀，渾是替人無緒吴潛。君且住張翥。算古往今來，總只相思苦楊果。他年認取晁補之。看風動疏簾方千里，尊前重見辛弃疾，點點舊眉嫵莫崙。

瑶花　風雪凄其，旅況岑寂。回首妝樓，黯然有作

暮帆挂雨吴文英，客帽欹風吴文英，怕凄凉時節周密。黃昏盡也陳允平，銀燭暗洪

琭、忍看鴛鴦雙結〔一〕昭宗。眉間心上范仲淹，遞多少、相思消息方千里。問杏鈿、誰點愁紅周密，天外一鈎殘月秦觀。

誰教馴燕輕分王嵎，還暗憶年時陳允平，酒病縈骨劉一止〔二〕。層層離恨蔣捷，這次第黄孝邁、心事有誰知得陳克。杜郎老矣周密，又争奈高觀國、天涯倦迹方千里。第一是、早早歸來姜夔，花底周密翠奩低揭失名。

采桑子　不寐

填胸磊磈澆難盡，醒也偏狂，老也逾狂，自署江東薄幸郎。輕輕挨過元宵也，争不思量，争忍思量，好夢難成夜便長。

〔一〕「結」原訛「綰」，據《全唐詩》卷八八九改。
〔二〕「止」原訛「正」，據《全宋詞》改。

大江東去

仰天長嘯，驀驚心、行年四十有四。天生我才必有用，何竟抑塞若此？見客呼猫，逢人罵豕，未曉和合理。嘻嘻咄咄，豎子浪得名耳。

便是百折千磨，怎能消我、一種疏狂氣？落拓江湖重載酒，剩有楚腰知己。騎鶴揚州，爛羊關内，此願誰償爾？唾壺擊缺，高歌且望吾子。

水調歌頭　與朱苗生乘風渡揚子江

天地一孤嘯方岳，撫劍倚西風王埜。浩浩大江東注晁補之，寒日暮天紅徐昌圖。喚取龍宫仙駕李泳，我欲乘風歸去蘇軾，山遠水重重張先。捲起千堆雪蘇軾，銷盡幾英雄黄銖？

千古恨文及翁，拚一笑王炎午[一]，不言中黃銖。無情莫問山水曹豳，往事已成空李後主。生平不如老杜李芸子，消得幾回淒楚張炎，一飲盡千鍾薩都剌。能得幾回又何夢桂，還與可人同康與之？

意難忘　憶内

說甚根由。甚十年不字，偏嫁黔婁。鸞弦堪續鳳，鵲渡正牽牛。誰料我，病呻嚘，更群鬼啁啾。枉累卿，擔驚受怕，伴我牢愁。只今重上皇州。念高堂菽水，仗爾綢繆。長行長在眼，一步一回頭。千萬事，說難休。休上望京樓。料只有、殘釭紅豆，相對凝眸。

[一]「午」原訛「可」，據《全宋詞》改。

鵲橋仙　憶寶琳

丫蘭鬟鬢，揉藍衫短，襯出雙鴛[一]紅裊。癡郎只合并頭眠，還只怕、樓兒忒小。獅糕一酊，龍團一盞，背地銷魂多少。不須羅帶結同心，已一點、相思難掉。

憶江南　憶小卿集句十首

沉吟久李漳，初識謝娘時韋莊。輕步暗移蟬影動牛希濟，殘燈欲滅枕頭欹范仲淹。釵燕傍香飛張先。

沉吟久李漳，玉立照新妝周密。説著前歡佯不記尹焕，饒他此後更思量張先。愁入

[一]「鴛」原訛「鴦」，據《粲花館詞鈔勘誤表》改。

翠眉長王觀。

沉吟久李漳，鴛夢隔星橋韋莊。風度緑窗人悄悄顧敻，酒香紅被夜迢迢史達祖。未別已魂銷張鎡。

沉吟久李漳，生怕外人猜劉過。好夢易隨流水去慕容嵓卿妻，泥人細數幾時回向子諲。暮雨捲空來吴潛。

沉吟久李漳，枕上酒微醒張先。去意徘徊無奈泪張先，別時言語總傷心王從叔。香斷畫屏深李珣。

沉吟久李漳，相見幾時重何大圭〔一〕？客夢不禁篷背雨〔二〕蘇庠，小樓昨夜又東風李後主。惆悵舊房櫳韋莊。

〔一〕「大圭」原訛「奎」，據《全宋詞》改。

〔二〕「篷」原訛「蓬」，據《粲花館詞鈔勘誤表》改。

沉吟久李漳，何事苦淹留柳永？有個離人凝泪眼張先，欲將幽恨寄青樓秦觀。一段夕陽愁晁補之。

沉吟久李漳，兩鬢可憐青王觀。深夜夢回情脉脉歐陽修，有人歸去欲卿卿蘇軾。春恨正關情温庭筠。

沉吟久李漳，往事與誰論鄭意娘。堂下孤燈階下月張先，樓中燕子夢中雲周密。無處不銷魂周格非。

沉吟久李漳，燭暗不成眠晁補之。北去南來人老矣王庭筠，缺多圓少奈何天張先。佳約誤當年呂渭老。

念奴嬌　憶小卿集句二首

小樓重上吴文英，意中人周密、須信風流未老史達祖。午醉醒來愁未醒張先，應是梨花夢好王沂孫。淡月闌斜蔣捷，護香屏暖周密，處處都行到楊瓚〔一〕。東風似水王沂孫，今年又是寒早王充〔二〕。

腸斷巫峽雲歸謝懋，游仙一夢傅按察，又依前誤了晏幾道。寄我相思千點泪蘇軾，月色依依偏照張翥。試結同心孫夫人，重携翠袖衛芳華，留得春多少黄機。不須惆悵汪莘〔三〕，人生能幾歡笑梁曾。

夜闌人静練恕可，背蘭釭張泌、閑倚薰籠無力陳克。鏡約釵盟心已許張翥，正是銷

〔一〕「瓚」《詞綜》卷三一作「纘」。
〔二〕「王充」《全宋詞》作「王觀」。
〔三〕「莘」原訛「萃」，據《全宋詞》改。

魂時節毛熙震。翠被籠香曾允元，紺羅襯玉王沂孫，堆枕香鬟側吴文英。霎時歡愛趙以夫，依依似舊相識周密。

春夢枉鬧人腸毛滂，鳳幃未暖張元幹，又翻成輕別查荎。明日片帆江水遠張翥，愁絶尹焕絮花踪迹周密。泪滿烏絲黄機，被翻紅浪李易安，夜氣寒無色范成大。今宵最苦張翥，燈前無夢到得吴文英。

意難忘　憶小卿集句

一笑燈前吴文英。問歡情幾許張埜，半袖紅淹張翥。月分娥黛破李賀，花壓鬢雲偏俞國寶。人悄悄尹鶚，夜厭厭張先。待惜取團圓史達祖。更那堪柳永，膩雲侵枕邵亨貞，嬌月籠烟史達祖。

曉寒慵揭珠簾王沂孫。甚含情不語胡仔，怕聽啼鵑張炎。舊游渾似夢范成大，此別轉堪憐范仲淹。心耿耿秦觀，恨綿綿李易安。對静夜無眠王沂孫。問甚時張翥、重燃絳蠟韓嘐[一]，香袖憑肩晏幾道。

八聲甘州　憶小卿集句二首

算別來幾度月明時黃子行，依然舊銷魂蕭列。謾尋尋覓覓戴山隱，凄凄切切周密，又送黃昏歐陽修。爲問縈雲珮響蔣捷，誰爲喚真真周密？回首空凝佇高啓，樓影沉沉朱藻。此會天教重見范成大，正春來夢好高啓，誰信而今呂渭老。聽鵑聲度月蔣捷，玉枕擁孤衾馮延巳。想前歡曹組、匆匆如此楊樵雲，怕歸來劉叔安、相見更無因韋莊。謾贏得姜夔、藏花護玉王沂孫，一片閑情邵亨貞。

愛卿卿不減舊風姿張翥，無人處思量柳永。正海棠睡足黃水村，珠寬腕雪周密，紅膩鞋幫蔣捷。竟日曹騰如困張翥，多夢睡時妝史達祖。夢怕愁時斷田不伐，愁與更長張鎡。

[一]「嘐」原訛「畛」，據《全宋詞》改。

好事争如不遇杜安世，被嬋娟誤我張先，贏得凄凉柳永。記花陰映燭周密，度影入銀塘周密。又争知王沂孫、風流一别王沂孫，都不管晁端禮、翠被掩餘寒張先。憑誰問黄中輔、深盟擣月史達祖，夜約遺香吴文英。

醉紅妝　憶小卿集句

小魚含玉鬢釵横閻選。下重簾張先，夜漸深柳永。背燈暗卸乳鵝裙曹良史。人如玉沈會宗，玉纖輕顧敻。

淡蛾羞斂不勝情毛熙震。泥私語史達祖，可憐生張雨。綉被五更春睡好歐陽修，嬌不盡張先，柳腰身張先。

訴衷情　憶小卿集句四首

簾幕低垂閑不捲王采，悄無聲王茂孫。憑綉檻温庭筠，雙臉庭筠，燭熒熒歐陽炯。無語更沉吟文徵明，輕輕韋莊。背窗燈半明李白，謾消凝周密。

斜托香腮春笋嫩李後主，粉香融謝逸。魂蝶亂馮延巳，花滿宋祁，一樽同張元幹。曉帳暖芙蓉王庭筠，忡忡呂渭老。畫橋流水東陳允平，可憐風賀鑄。

明月半床人睡覺張炎，水沉香尹焕。星曆小魏承班，含笑張先，問檀郎柳永。争忍便相忘周密，鴛鴦周密。春風歸路長張先，暗思量李珣。

一葉小舟横别浦謝逸，儘遲留蔡伸。明朝去劉褒〔一〕，去了無名，更回頭徐君寶妻。風捲落花愁〔二〕，休休蘇軾。月明人倚樓白居易，水空流秦觀。

〔一〕「褒」原訛「襄」，據《全宋詞》改。

〔二〕「去了更回頭」作者爲祖可，「風捲落花愁」作者爲徐君寶妻。

惜分飛 集句二首

暖香惹夢鴛鴦錦温庭筠，消得東風唤醒湯恢。玉漏迢迢盡秦觀，銀蟾半露嬋娟影蘇軾。

獨自凄凉人不問秦觀，驀地輕寒一陣汪莘。笑記香肩并劉過，燈摇暈碧茸窗冷蔣捷。

小樓無奈傷春别文徵明，樓上暮雲凝碧李甲。燕外寒無力李琳，柳烟一片梨雲濕張翥。

好夢驚回無處覓盧炳，夢覺半窗斜月韋莊。難解同心結吴禮之，殷勤留與歸時説張元幹。

春光好 二首

枕兒偏，髻兒偏，紅浪翻衾壓半邊，殢郎眠。

起來忙把重衾卸，喃喃駡。慣使嬌嗔更可憐，擰郎肩。

捲流蘇，掩流蘇，紅袖抽簪乍上初，好歡娛。三年佳約重來踐，花如面。借得金錢十萬無，贖珍珠。

鷓鴣天　張夏贈王馥桂

斜綰烏雲鞞一肩，零星細步點雙蓮。相思愛唱桃根曲，幽恨頻書燕子箋。停半晌，撥三弦，連環一串滚珠圓。闌干雙倚何時再，腸斷春風又一年。四季相思、小桃子、九連環、悶倚闌干，皆女史所唱時曲也。

高陽臺　晏城贈金梅

似水流年，如花美眷，前身合是梅精。欹坐跏趺，載將春態盈盈。鶤弦彈破相思苦，溜横波、訴與知音。正消凝，驀聽愁鵑，啼月三更。天涯何處尋知己？悵長衫翠袖，一樣飄零。梅自孤根，偏憐桂不叢生。梅代訴馥桂苦，況兩人皆無怙恃無兄弟，虐於毒鴇，未遂從良。痴心好向天公乞，借金錢、代嫁雲英。又沉吟，前度劉郎，生怕迷津。

滿江紅　二月十七住富驛重遇福玉，痴魂易感，好事多磨，凄然有作

花蝶翻釵，恰掩映、龐兒似玉。偏認得、舊時相識，暗通眉目。小字不須鸚鵡報，私心願學鴛鴦宿。問么娘、好事得來麼，聲聲諾。怨只怨，鴇兒虐。恨只恨，鴆媒惡。甚將圓好夢，生生割却。蠟泪流殘心未滅，鵾弦彈斷膠難續。痛三生、石上恁緣慳，休休莫。

滿江紅　憶家

客路三千，忽到了、仲春十八。屈指算、離家兩月，風光如昨。知否慈親能健

飯，憐他病婦慵調藥。更關心、來日是清明，催東作。忘不了，兒童學。撇不了，田園樂。便依依花鳥，也傷離索。燕子泥香添舊壘，鼠姑風嫩苞新萼。任痴人、西笑向長安，全拋却。

憶江南 四首

山居好，最好養花天。紅藥闌干新雨後，緑莎庭院晚風前，小立傍香肩。

山居好，早起愛春行。烏桕門前挑菜路，緑楊影裏讀書聲，側帽聽流鶯。

山居好，不減小斜川。曉雨一犁秧水活，午風十里菜花顛，飛絮一溪烟。

山居好，何事到天涯。百五韶光如逝水，三千客路此留泥，又是夕陽西。

惜餘春慢　重憶瀛仙

水赴東流，月沈西去，離合一般顛倒。阮悲失路，杜悔尋春，哀樂早傷懷抱。處處長歌短影，西抹東塗，惹花粘草。剩一個、潦倒風狂底我，有誰人曉？

直須待、遣得昆侖，奪歸吒利，此恨方纔能了。離弦飛箭，斷藕連絲，要見何時見好。夜夜愁牽夢縈，問夢兒中，泪痕多少。這相思、告訴天公，只怕和天也老。

滿江紅 二首

麝過春山，露些些、一痕香草。漸依約、香深深處，緑紅微裊。春色三分常帶醉，花心一點偏含笑。問纖纖、留得幾多春，誰知道。

嬌不盡，蓮房小。羞不盡，榴房照。算名花須待，探花人到。雙舞蘭苕蝴蝶亂，悄翻紅浪鴛鴦倒。怕來宵、春水漲桃花，郎休嬲。

紅玉團團，偏襯出、兜羅綿軟。暢好是、初圓璧月，中分一綫。薄霧低籠鬘繭細，曉霞斜串螺紋淺。問何人、僥幸下風頭，偷香喘。背卸却，桃花片。倒浸著，芙蓉面。倩檀郎輕拭，摩挲千遍。蓮瓣慵擡荷露沁，柳腰欹舞梨雲茜。怕東風、暗裏度雙丁，羅巾掩。

洞仙歌

儘能諳得，個兒郎情性。情淺情深總由恁。便無言相對，彌自温存，正不在、消受暖香鴛枕。

低眉無意緒，初七蘭期，悄問痴郎果誰訂？真個欲銷魂，兩字沉吟，暗添上、耳邊朱暈。好記取、來宵早些來，再莫似、今番怨儂薄幸。

蘇幕遮　憶珊恨珊集句

鬟雲鬆周邦彥，眉柳綠和凝。春淺春深，都向杏梢覺薛夢桂。終日看花看不足盼盼。日下樓西玉英，醉拍闌干曲蔡伸。

月臨窗顧敻，風透幕周密。有分看伊，無分共伊宿黃庭堅。背帳猶殘紅蠟燭顧敻。抱影無眠柳永，夢斷燈花落蕭允之。

菩薩蠻　三月十二日惱小珊

嬌雲一縷風吹墮，離魂鎮壓單衾臥。怪煞倦來時，夢兒曾伴伊。伴伊空有夢，又被人兒哄。且自耐心腸，燈花前夜雙。

等閑忘了前宵話，今宵又待來宵也。軟語忒纏綿，惱深偏又憐。

憐卿卿轉惱，莫似休來好。薄福怎消伊，無緣却恨誰。

大江東去　十四夜闈中題壁

三上春闈，驀擡頭、又見一輪明月。攀桂年華才廿八，十七年來虛擲。北去南來，東塗西抹，老却風狂客。黑貂裘敝，萬千心事難説？屈指同榜諸公，晨星三兩，多半雲泥隔。八股文章詩八韵，把我生生磨滅。的的奇才，嗤嗤噩夢，怎免書空咄？矮檐風過，燭花一點飛裂。

春風裊娜　題袁琴仙團扇

嘆狂夫老矣，匹馬塵埃。淪落恨，滿天涯。問而今、誰識三生杜牧，逢花薄幸謂珊，惹鬼嘲詠謂老柳。兩字風魔，知誰消受？慢囑么娘送一杯。便欲窗前推枕就，終須一夜抱琴來二語集古。

只此添香近侍，掃眉花誥，抵多少、麟閣雲臺。槐陰夢，且丟開。蝶魂未醒，鵑恨休催。羅薦鴛鴦，心因仙醉，蘭苕翡翠，香待春回。是鄉足老，願、嬋娟明月，如形隨影，長入君懷。

金縷曲　過柳瀛仙舊院

認得紅香徑。記當年、偎花占柳，綠窗人静。儘日相看渾未足，醉倚滿身花影。渾不管、東風唤醒。忽聽一聲河滿子，打鴛鴦、拂碎菱花鏡。殘月墮，夢雲冷。

而今往事難重省。剩春衫、泪冰紅漬，唾花香凝。怪煞飛飛雙玉翦，不帶玉關音信。偏絮我、萍踪無定。休問那人何處也，便紅樓、姊妹多難認。風乍吼，雨聲迸。

長相思　題鳳蘭簪花小照

是花香，是衣香，淡淡衫兒淺淺妝。金鈴帶露黄。

暗思量，怕思量，鬢影春風偏傲霜。耐他情味長。

绿雲鬟，錦雲冠，别有風神媚遠山。秋波描更難。

袖兒單，手兒寒，未必龐兒似玉環。還須借鏡看。

索泠泠，韵錚錚，道是無聲復有聲。珠喉百囀鶯。

愛卿卿，問卿卿，道是無情却有情。緣何太瘦生。

下瑶臺，步瑶階，月是前身花是胎。狂風休浪猜。

醉蓬萊，惜分釵，後夜相思無此杯。除非尋夢來。

一半兒　憶鳳蘭

流蘇飄動指輕彈，彈醒蕭郎帶笑看，雙頰紅潮媚遠山。彈雲鬟，一半兒嬌羞一半兒孄。

情天何處種情根，劈破愁雲醒夢魂，笑拍香肩共一樽。好温存，一半兒佯推一半兒肯。

研羅裙上滚秋弦，得遇知音勝遇仙，何况跏趺人比肩。甚因緣，一半兒生疏一半兒戀。

花花草草總尋常，那有蘭茗竟體香，底事春歸莫挽繮。怪匆忙，一半兒勾留一半兒散。

琵琶重聽是何年，寫恨空留五色箋，孤負拈花一笑緣。儘纏綿，一半兒聰明一半兒艷。

梨雲未醒曉雲空，殘月西樓挂一弓，消受長途落葉風。忒朦朧，一半兒離魂一半兒夢。

燕雛爭得做雙栖，儂自憐卿卿怎知，欲問藏嬌是阿誰。怕重提，一半兒思量一半兒悔。

金縷曲　雨悶

已是難將息。更那堪、愁牽似髮，雨綿於織。立坐行眠都不是，惱亂柔腸千疊。儘日價、昏昏脉脉。魂是當年銷已盡，到而今、還向誰行撇。空守著，窗兒黑。殘釭閃閃明還滅。記前宵、團窩金鳳，有人憐惜。誰料孤眠寒吊影，空向影兒饒舌。還説甚、燈花雙結。好事明知如夢也，奈而今、和夢也難覓。怎挨到，窗兒白？

滿江紅　再題琴仙團扇

三月初三，恰正是、初見可人時節。傒幸煞、一番琴上，東君著力。雙眼流波嬌入鬢，并肩私語春生頰。更軟風、吹過一團香，釵飛蝶。

便縮了，同心結。去拜了，花陰月。更銜來紅豆，相思透骨。春夢任教狂似絮，客身誰念輕於葉。算惟卿憐我、我憐卿，真痴絕。

淡鎖眉峰，偏襯入、臉霞一朵。含笑倩、檀郎整髻，睡香斜嚲。艷影迷離魂蝶亂，情絲婉轉春蠶裹。儘朝朝、鬢影看春風，添香坐。

心心念，都緣那。惺惺惜，卿知麽？問盟香鴛牒，可曾真個。細膩風光誰似爾，團圞月色偏隨我。謝多嬌、纖手插宮花，低聲賀。

曲游春　琴仙手製[一]抹胸見贈　此詞作於六月六日，起句「纔醒梨雲夢」，竟爲第二夕晤夢雲之讖

纔醒梨雲夢，看汗香酥透，無限憐惜。一縷芳心，襯一痕珠絡，一團紅雪。怪煞郎痴絶。慣做了、竊香忙蝶。偏不耐、隱護温馨，偷把象紗低揭。低説，柔腸千叠。願長入郎懷，郎怎儂撇。裁取冰綃，把四角中央，春葱鈎緝。繫得郎心熱。重扣上、同心雙結。永教坐熨眠偎，抱圓圓月。

水龍吟　六月初十琴弟生日

瑶琴一曲薰風，群仙同作霓裳咏。蘭仙留簡，眉仙綉卷，瓊仙拂鏡。隊集團雲，

〔一〕「製」原訛「掣」，據目録改。

丹霏絳雪，爲天仙慶。更小仙相伴，風流名字，紅箋上、連書請。從此黄金却聘，盡消受、臨邛鬢影。那般模樣，恁般緣分，者般情性。玉軟花穠，紅衣雙笑，月明人静。又何須、瓜果雙星，重做兩人媒證？

賀新郎　六月十七題夢雲團扇

又入梨雲夢。儘惺忪、簾影沉沉，玉鈎斜控。依舊蘭期初七到，偷把情根换種。悄不覺、蝶魂飛動。緑酒分曹人乍散，驀勾郎、暗蹴鞋尖鳳。怎消受，秋波送。緑鬟堆枕香雲重。藕花衾、壓著桃花，一團香擁。斜月籠花花影軟，不許絲兒留縫。更愛煞、雙鴛低捧。春透華池貪夢好，錦雲窠、慣把痴魂哄。蘭液釅，漏花凍。

四字令　七夕

蕭郎酒醒，蕭娘夢醒，桃笙今夜凉生，好三更四更。

月兒不明，雨兒乍零，忽驚情緒凄清，問長情短情。

沁園春　雨夜懷夢雲

獨坐三更，勝似三年，何況三宵？自夜合花穠，伴伊昔昔，相思葉醉，泥我朝朝。燭影含春，粉毫畫月，寸步何曾撇阿嬌？偏今夕，被打頭風雨，夢隔星橋。心隨挂鹿摇摇。恨從此、天涯繫困匏。縱亂絲欲翦，從頭已錯，盟香空爇，嚙臂誰要。去縱難留，駐偏難久，魂未離時魂已銷。無聊願，願身爲羅薦，長貼纖腰。

雨零鈴　七月廿四日别夢雲

竟如此别，住也無計，戀也無益。從前萬種歡愛，而今不許，留連一霎。無語相看，剩有那珠泪凝碧。眼放著、花樣人兒，教我輕輕怎生撇？早知恁地多磨折，悔當初、何苦著疼熱。空床輾轉追想，只落得、恨叠愁叠。何況伊行，更没親爹愛媽憐惜。我只得、隨夢重來，緊傍衾兒貼。

聲聲慢　悲秋

孤孤另另，悶悶沉沉，思思想想咄咄。長夜摩挲倦眼，酸風刺骨。蟲聲唧唧更苦，吊殘燈、欲明還滅。漏盡也，淚珠兒、兀自點點滴滴。此意憑誰憐惜，除非是、夢中伴他噥唧。揣著鴛衾，惻惻影雙形隻。孱魂更飛更遠，待重尋、個儂消息。却怕你，眼睜睜、無夢到得。

謝池春慢　八月十一夜舟次黄渡寄夢雲集句

夢魂飛亂周邦彦，但目送賀鑄、天如水呂渭老。行色苦愁人歐陽修，人遠波空翠韓琦。半月無雙影太宗，竟日空凝睇柳永。慘離懷柳永，似夢裏周邦彦。披衣重起柳永，又恁和衣睡柳永。

眉間心上范仲淹，各自個、供憔悴程垓。吹夢到長安謝逸，夢到相思地蔡伸。花上朦朧月蔡伸，偏照鴛鴦被蔡伸。儘遲留蔡伸，拚一醉朱服。如何割捨石孝友，負你千行泪柳永。

摸魚兒　八月廿四日舟中憶雲

又驚吹、夢雲分散吴文英，傷心脉脉誰訴柳永？雁風擊碎珊瑚屑周密，化作愁雲恨雨劉一止〔一〕。頻囑付呂直夫。待去也薛夢桂、何妨携手同歸去柳永。怨郎不住失名，但泪眼沉迷柳永，盈盈佇立柳永，沙印小蓮步吴文英。

自别後王嵎，夢到隔花窗户周密。莎階寂静無睹柳永。琴心不度春雲遠陳允平，天也有心相妒楊果。曾幾度張翥，共鴛鴦、翡翠照影長相聚李治。如今最苦蕭東父。但只解聲聲程垓，寒蟬凄切柳永，多訴斷腸語莫崙。

〔一〕「止」原訛「正」，據《全宋詞》改。

洞仙歌　吴閶重寄夢雲

鴛鴦分散，拂京塵東去。催送江南斷腸路。更一番涼雨，一翦微風，都迸做、萬種淒惶情緒。

輪腸千萬轉，恁地難拚，悔不當初竟携住。縱有十年期，問十年後，可真個、有緣重聚？便僥幸、重逢也生愁，怕潘鬢星星，朱顏非故。

滿江紅　年尾索逋甚急，口號志慨寄苗生

潦倒浮生，猶自苦、營營未休。憑唤取、夏蟲冰語，春夢婆留。結習未拋文字蠹，孱顔羞做子孫牛。算昆明、劫後剩餘灰，難復收。

今與古，同一丘。誰與我，定千秋。任蚩蚩錢虜，笑煞書囚。楊子一毛非易拔，蓮師七筆儘能勾。又何須、虔祝送窮文，蟲叩頭？

乙亥

謝池春慢　甲戌十一月，吴雪樵南歸，賫[一]到夢雲手書，譜此

代覆乙亥上元作

花心夢醒史達祖，偏挂恨尹鶚、心兒裏黄庭堅。顛倒儘猜量柳永，欹枕難成寐柳永。一散陽臺雨宋之問，花鎖重門閉彭泰翁。劣心腸石孝友，惡滋味晏幾道。多方開解柳永，無計相回避范仲淹。

〔一〕「賫」原訛「賚」，據《粲花館詞鈔勘誤表》改。

錦箋分付黄機，春到也、須頻寄程垓。寄語薄情郎牛嶠，我愛深如你周邦彦。好與花爲主柳永，早晚成連理牛希濟。對佳節楊无咎，想舊事周密。書成雁去楊炎正〔一〕，相望同千里柳永。

菩薩蠻　七夕憶去年事二首

去年今夕雙星誓，今年今夕人千里。銀漢亘紅墻，人天各斷腸。三生花底約，留得連珠諾。何事學樊川，迢迢等十年。

別來三百三十日，去年七月廿四迄今三百三十九日。看看又到秋時節。次日立秋。愁自結秋心，秋新愁却深。井梧飄一葉，敲落蛩階月。月也替儂愁，黄昏先下樓。

〔一〕「正」原脱，據《全宋詞》補。

四字令

羅巾黛痕，是雲所贈。羅襟墨痕，去年七夕書聯留別，雲披余半臂，親爲磨墨，墨瀋滿襟。羅紈濃染脂痕，贈雲紈扇，畫大紅牡丹二朵。襯羅衫血痕。歡筵酒痕，離筵泪痕，杳如春夢無痕，剩春魂一痕。

念奴嬌　七月廿四日得雲手書并詩四章，即去年送别日也，惘惘余懷[一]，感賦此解按：夢雲手書及詩，附見上卷詩集

浣花箋到，訝泪珠一串，柔腸千疊。颯颯打窗風又緊，一樣做成悲切。艷絶生愁，嬌深成歉，瘦到痴人骨。滅燈暗坐，薄簾影漏殘月。記否鴛枕驚飛，驪歌咽曉，便是今時節。衫袖泪花紅未褪，彈指已成今昔。嫩約

[一]「余」，目録作「予」。

鱗催，深盟鸞證，何日迎桃葉？蓬山不遠，來詩首句「縹緲蓬山無路通」。涉江待我雙楫。

念奴嬌　九月朔日風雨凄其，重讀雲詩感賦

重陽近也，聽黄昏點雨，聒人心碎。重讀雲兒腸斷句，攪得秋聲滿紙。雁送霜愁，蛩添雨恨，并作相思泪。欲尋夢去，今宵却怎生睡？

遥想翠袖生寒，銀屏沉碧，嬌擁燈前髻。藕樣聰明蓮樣性，倩影與誰相倚？兩字加餐，一聲將息，付與雙魚寄。不知今夕，可人安穩眠未。

高陽臺　寄朱蓉生，時在京都

翦錦憑魚，封綃祝雁，痴痴夢逐雲沉。寄到琅玕，謝君青鳥殷勤。問誰撑得媧天住，儘填來、多少愁根。最銷魂，山一程程，水一程程。

個儂相見憑傳語，道人如花瘦，愁比秋深。珍重西風，莫教銷損娉婷。紅牙拍斷紅珠溜，寫烏絲、別緒零星。復叮嚀，説與分明，寄與分明。

臺城路　題寄雲詞後

撥燈寫了長箋也，欲眠又還重起。囊錦開封，砑花疊勝，鈐補鴛鴦兩字。雁兒去未？怕門巷條條，碧雲難記。記取胡同，小樓東傍小梅市。移寓梅市街小李紗帽胡同永慶堂。

不須再題黄四，認舊家蘇小，雲本行四，改呼排小。新妝李妹。絮語吹香，柳眉斂秀，難忘別時情致。早知恁地，悔葉剩〔一〕相思，花飄連理。强説歡盟，殘燈紅夢尾。

〔一〕「剩」原訛「盡」，據《粲花館詞鈔勘誤表》改。

金縷曲　再題寄雲詞

怪底雲輕散。到而今、一年春去，一年冬換。萬種思量千種恨，已是魂銷無算。怎耐得、十年魔障。但願今生長廝守，問前生、可注鴛鴦帳。頻搔首，天不管。

回思送別長亭畔。暗牽衣、囑儂珍重，一聲河滿。恍惚此聲猶在耳，夜夜夢魂相喚。可真個、玉人無恙。寄我瓊箋箋上字，一行行、鵑血深難浣。我欲寄，腸先斷。

金縷曲　乙亥除夕風雪甚饕，因念故人朱苗生即於開春北上，悵觸前塵，賦此代餞

風捲漫天絮。問行人、如何禁得，一寒如許。猶記閶門重守歲，厭聽滿城簫鼓。有多少、尋花伴侶。庚午、癸酉除夕同住吴閶，冒雪訪花，興復不淺。今則夢溪化去，蓉生留京，韞山、霽唐杜門不出，同邑公車惟君一人。彈指六年成一夢，便夢魂、不到吴江路。

還復問，花何處。

君今又過吴江去。計郵程、試燈前後，落帆黄浦。問我小卿無恙否，道我憶卿良苦。恨只恨、尋春遲暮。今世料無看花分，讓花仙、獨占瓊林住。把酒祝，爲君舞。

丙子

金縷曲　臨發開封再寄一詞　丙子正月初四夜

塵世知音寡。半生來、非痴非呆，仰天而咤。湖海心期君知我，就只我知君者。笑此外、惺惺都假。此去長行三千里，聽狂生、再説些些話。重翦燭，疾忙寫。

瀾翻紫瀣休驚怕。是男兒、乘風萬里，怒蛟須射。到了燕臺春將半，已是杏花開也。恰便是、槐花黄也。檢點襴衫新染柳，看今番、真個雲英嫁。早戲彩，高堂下。

金縷曲　送浦江家師竹北上

又作臨岐别。算一班、老友只剩，三分之一。君是壬辰我辛卯，一樣年逾四十。

偏一樣、功名未立。壯歲豪情今安在？嘆韶華、如電難收拾。如去也，須努力。

三千里外好將息。準備著、再整殘書，重翻故笈。但願填完時文債，聽爾龍頭報捷。更盼爾、馬蹄歸疾。衣錦還鄉須及早，莫留連、貪抱燕臺月。老處女，怎拋撇？

戊寅

題鳳蘭小照有序

豐溪鳳蘭校書，鬻歌爲生，艷如桃李，而冷如冰雪，意所不愜，多遭白眼，即愜意者，酒闌曲罷亦以閉門羹待之，以故色未衰而貧甚。厭原山樵憐其遇，爲營香巢，鏡檻[一]綉床，色色周妥。既落成，復爲寫簪菊小影，徵諸詞人題咏，因予有撰聯之勸，以副本見酬。余自甲戌歲識校書於賽會畫舫，瞬忽五年。羅隱重來，雲英已嫁；青衫憔悴，紅粉飄零。境异情同，觸懷興感，率題此曲，以質知音。戊寅孟冬下浣三

〔一〕「檻」原訛「鑑」，據《粲花館詞鈔勘誤表》改。

日。

黄花開遍，疏籬畔、絶好幽居庭院。著個戴花人，更比花容嬌蒨。是纔將鬟鬟雲斂，是纔將眉黛青填。披叢揀得霜葩艷，拈來欲插，俄延。帶將翠葉多應翦，配著金釵色，可鮮。痴凝眄，千斟萬酌成嬌怨。怨容成，悄對無言。簪花格調誰人獻？整髻風情只自憐。却恁地教周昉輕瞧見，將幽意畫圖傳。

揚州樊川游倦，溯濃香，如過電。只芳卿舊事，尚逢場觸念，喧闐一畫船。嬌坐蓬窗，按四弦，歌喉囀。鶯簧新哢，雁箏低拈，天遣韶光正艷。是瓜分碧玉一樣芳年，頭纔上了，龐兒比滿月還圓。人前含情，似擲横波眼。忽地紅潮上雙臉，暢舒懷，錦地花天。那關心春鴻秋燕，不多時檀槽撥到愁邊，歡場氣象登時變，豪情盡斂。縱然一曲當筵，紅綃投贈鮮。況清裁姹女，自來羞數錢。只落得效餐英，作一個神仙眷。看階前玉潤霞妍，敢説兒家晚節堅。只風斜雨細，月苦霜嚴，亭亭瘦骨依然健時方病起。艷思捐，蝶和蜂，難留戀。茫茫路歧，自傷窮阮。鴻泥再印，借人家一椽。漫説文章光焰，也只與杜韋娘清歌同賤。信黄金壓得吾曹匾，有美玉且懷卷。待將愁寄翠鈿，訪仙源，怕桃花再避漁郎面。蘭心眷鬟影，粘衣香戀，看圖却把黄花羨。何須孤癖訝陶潛，知己有嬋娟。

徵歌自分難如願，且結丹青翰墨緣。須知道、微笑拈花即是禪。

金縷曲　聽某女史琵琶

指動悲風作。是娥眉、萬千心事，在弦中躍。此樂傳因烏孫製，玉貌飄零沙漠。卿尚有、故園棲托。但是過船須子細方有此意，怕冰蠶、絲脆風波惡。莫再鑄，潯陽錯。

中年我亦傷哀樂。每相逢、曹剛賀老，心傾推却。擲碎胡琴無人識，更比子昂淪落。信叔子、不如銅雀。願得化爲檀邏逤，向小憐、膝上終身閣。思此意，豈輕薄。

金縷曲

我亦狂奴耳。但觸著、花顛酒惱，狂言不已。從古歌樓繁華藪，淡到黃花有幾。

渾抹煞、穠桃艶李。漫説當年張憶好，也無非、𤓰飾叨名士。論色藝，豈難似。

扁舟指日吾歸矣。有多少、五陵年少，卸帆相俟。先把簪花圖中景，記向酒闌燈炧。應惹得、銷魂欲死。更料明年重九節，定霜葩、價貴荒園裏。争買供，當遥企。

减字木蘭花　再題鳳蘭遺照

簪花對鏡，認得憶娘身後影。十五年前，曾聽嬋娟撥四弦。

者番重見，猶似秋波留一轉。穩駐香丸，翡翠庵深好護蘭。

庚　辰以下在江西作

高陽臺　庚辰十月十九日信州寄内

曾記端陽，中流競渡，與卿同醉三蕉。晚翠南屏，層層倒映紅橋。萍踪依舊來時路，亂愁根、借酒難澆。更瀟瀟，雨過山椒，風落林梢。

分明此去家鄉近，奈一身如寄，兩地難抛。謀客謀家，雄心未炙先焦。單衾孤燭同消受，聽更更、更鼓頻敲。悵迢迢，月暗今宵，夢遠前宵。

菩薩蠻　代題簪花小照，時寓廣豐

蘭幃乍醒巫雲夢，雙鬟雙綰翹雙鳳。無語亸香肩，漫將花笑拈。

纖纖籠翠袖，人比黄花瘦。任爾蝶蜂忙，兒家能拒霜。

虞美人　廣豐寅友囑題簪花小照，譜此寄之

秋花不比春花落，花映人如玉。此花開盡更無花，莫待無花時候、冷咨嗟。
相逢何必曾相識，我亦天涯客。不風流處也風流，贏得秋波臨去、又勾留。

酹江月

借天風御，驀層層吹上，千峰雲碧。回首獅河烟艇杳，迎面兩行魚立。緑磴疏林，傍岩仄徑，踏碎霜痕白。摟身天外，寒光疑點微雪。
一霎推起銅鉦，披來綿襖，紅襯玻璃熱。山遠不逾三十里，頃刻陰陽變滅。鳳嶺南環，鵝湖北枕，中有劉綱宅。劉同年知鉛山縣事。晚烟栖樹，舉杯遥酹新月。

滿江紅　十一日河口赴弋陽

浪迹蓬飄，算只有、寒風兩腋。傍江干、炊烟晚送，嵐容晨櫛。葛水已沉南宋土，圭峰猶印西江月。莽天涯、何處是橋亭，悲又節。蒼狗幻，紅羊劫。泡影聚，飛灰滅。看羆瘦伏靈，丸獅怒嗑。毅魄冤銜朱鳥咮，壯懷渴飲長蛟血。剩滔滔、終古大江流，聲凄咽。

滿江紅　去年首夏携内子同來豫章需次，歲碌碌未有奇策。今春花朝後二日爲四十設帨之辰，爰填此以當壽言

如此春光，且準備、銀箋彩筆。恰正好、百花開後，是卿生日。典我春衣賖斗麵，借卿冬釀飛蕉葉。看護花、人祝養花天，酬佳節。清宵杵，窗前月。寒宵研，簾前雪。笑卿工織素，我空彈鋏。五斗未需腰已孏，

百年將半頭同白。願與卿、偕老且安貧，無奇策。

洞仙歌　爲興安羅星槎明府題畫

疏疏密密，鬧紅紅翠翠。一曲春風夢同醉。記海棠聘後，盼到黄華，驀忽地、又是水仙來矣。

韶華容易過，花謝花開，歲歲年年正相似。寫入畫圖中，是色非空，個中人、有些深意。且手揭、流蘇近前看，問蝶夢蘧蘧、者番醒未？